KB094976

가프 현대 판타지 소설

MODERN FANTASTIC STORY

밥도둑 약선요리왕

밥도둑 약선요리王 3

가프 현대 판타지 소설

초판 1쇄 찍은 날 § 2019년 3월 21일
초판 1쇄 펴낸 날 § 2019년 3월 28일

지은이 § 가프
펴낸이 § 서경석

총괄팀장 § 최하나
편집책임 § 최광훈

펴낸곳 § 도서출판 청어람
등록번호 § 제387-1999-000006호
등록일자 § 1999. 5. 31
어람번호 § 제1-3002호

주소 § 경기도 부천시 부일로 483번길 40 서경B/D 3F (우) 14640
전화 § 032-656-4452 팩스 § 032-656-4453
http://www.chungeoram.com
E-mail § chungeorambook@daum.net

ⓒ 가프, 2019

ISBN 979-11-04-91959-6 04810
ISBN 979-11-04-91945-9 (세트)

※ 파본은 구입하신 서점에서 교환하여 드립니다.
※ 저자와 협의하여 인지를 붙이지 않습니다.
※ 이 책은 도서출판 청어람과 저작자의 계약에 의해 출판된 것이므로,
   무단 전재 및 유포·공유를 금합니다.

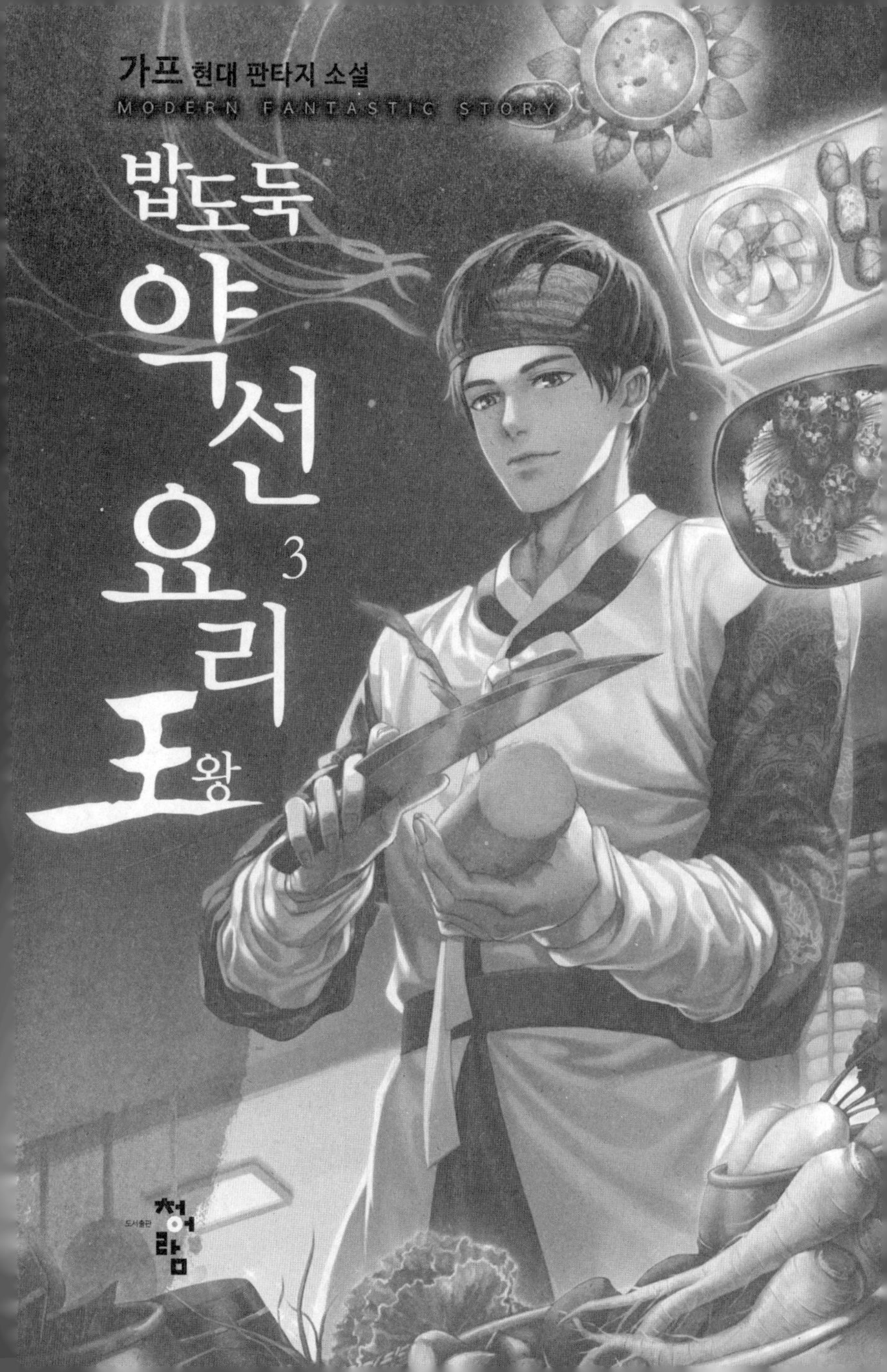
가프 현대 판타지 소설
MODERN FANTASTIC STORY
밥도둑
약선요리
王 왕
3
도서출판 청어람

밥도둑

약선
요리
王 왕

목차

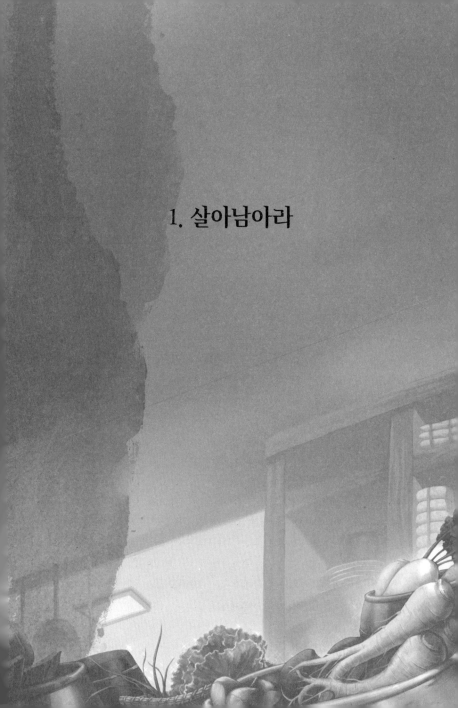

1. 살아남아라

이 글은 장르 소설입니다. 한의학과 약선요리를 참고했지만 현실과 다를
수 있습니다. 오직 소설로만 읽어주세요.

"나 아까 깜놀했어."

점심시간, 근처의 냉면집에서 종규가 조바심을 드러냈다.

"탈락할 줄 알았냐?"

"당연하지. 심사 위원들이 심사도 안 하고 돌아섰는데……."

"극적인 효과 좀 살려봤다."

"무슨 일이었어?"

"응?"

냉면을 받아 든 민규가 인상을 찡그렸다. 주문한 건 칡냉면이었다. 종규가 원하길래 별생각 없이 들어왔다. 하지만 육수에서 토할 뻔했다. 육수가 아니라 MSG 범벅이었다.

MSG.

먹어도 된다. 접객업소에 이만한 가성비의 양념(?)은 없었다.

하지만 정도껏 해야 한다. 토악질이 나올 정도면 그냥 퍼부었다는 얘기였다.

"아저씨."

조용히 주인을 불렀다. 까탈스럽게 굴지 않고 먹어줄 수도 있었다. 하지만 종규는 달랐다. 이제 환자 티를 벗었다지만 아직은 조심해야 했다.

"왜 그러슈?"

50대 중반의 남자가 나왔다. 주방을 맡고 있지만 주방장 티는 어디에도 없었다. 머리는 언제 감았는지, 조리복은 언제 갈아입었는지 소매에 뗏국물이 꼬질꼬질⋯⋯.

"육수가 좀 느끼해요. 라면으로 바꿔주실래요?"

본질은 나지막이, 매너를 갖춰 말했다.

"무슨 소리야? 우리 집 육수는 맛있다고 소문난 육수인데."

주인은 콧방귀부터 뀌었다.

"그럼 직접 맛을 보시든가."

민규가 냉면을 내밀었다. 민규를 쏘아본 주인이 육수 맛을 보았다. 결과는?

"우엑!"

고개를 돌리고 그대로 뿜어버렸다. 민규가 육수에 동기상한 수를 소환한 것이다. 그럴 생각은 없었다. 하지만 조리사로서의 기본이 없는 사람이니 경각심을 주고 싶었다.

"이상하네?"

주인은 고개를 갸웃거리며 냉면을 거둬갔다. 잠시 후 주방에서 또 한 번의 오바이트 소리가 튀어나왔다.

"우억, 이상하네? 이 정도는 안 부었는데……."

이번에는 주방 보조 목소리다. 주인이 확인을 시킨 모양이었다. 유유상종이다.

"먹자."

냉면 대신 라면을 먹었다.

"무슨 일이었냐니까?"

"잡내 제거. 판에 박힌 감독관이 내가 독특한 방식으로 잡내를 제거했더니 그걸 모르고 기본 과정을 빼먹었다고 생각한 거야."

"어휴, 난 그것도 모르고……."

"그러게 집에 가서 쉬지 그랬어."

"형 같으면 그러겠어? 내가 여기 출전해 있으면?"

"……"

"3과제는 뭐가 나올까?"

면발을 문 채 종규가 물었다.

"글쎄……."

"아, 진짜 심장 쫄깃하게 만드네. 오전에 짐 싼 사람이 몇 명인 줄 알아?"

"세어봤냐?"

"아니, 전광판에 나왔어. 현재 생존자는 36명이야."

"36명?"

"응. 다른 대회장도 비슷해."

민규가 젓가락질을 멈췄다. 제1과제와 제2과제. 약선에 대한 완벽한 이해 없이 덤비기 힘든 과제들이었다. 요행도 통하지 않았고 객관식처럼 찍는 것도 허용되지 않았다. 그렇다면 남은 사람들은 죄다 고수라는 얘기였다. 2과제까지 살아남았다는 사실만으로도 약선에 대한 이해는 갖춘 셰프들이었다.

'마백동… 정대발……'

생존했을까? 황병설은 탈락의 고배를 마셨다. 2과제 후였다. 입구 쪽으로 걸어 나가는 뒷모습이 삶은 시금치처럼 늘어져 있었다.

"형!"

종규가 제 라면을 듬뿍 덜어주었다.

"야, 왜?"

"많이 먹고 힘내야지."

"짜식, 고맙다."

별생각은 없었지만 동생의 성의를 접수했다. 라면은 국물까지 다 마셔 버렸다. 후식은 편의점에서 1,200원짜리 원두커피로 장식했다. 종규는 병에 담긴 커피를 집어 들었다.

"커피 이리 줘봐."

작은 공원 의자에서 종규가 손을 내밀었다.

"그거 맛없냐?"

"누가 그렇대? 내가 칵테일하려고 그러지."

"니가 무슨 바리스타냐?"

"오후에 또 이상한 과제 나올지 모르잖아? 이거 마시고 가면 머리가 팽글팽글 돌 거야."

종규가 칵테일 커피를 내밀었다.

"……"

솔직히 맛은 개판이었다. 하지만 내색 않고 마셨다. 지금 이 자리, 종규가 옆에 있다는 사실이 어디인가? 얼마 전까지만 해도 낡은 침대에서 시들어가던 동생이었다.

"좋은데? 방전된 배터리가 빵빵하게 찬 거 같아."

일부러 큰 소리를 냈다. 세 전생에 이어 적극 지지파인 종규. 넷을 등에 업은바에야 거칠 게 없었다.

제3과제.

초정예 멤버만 생존한 제3라운드.

민규가 그 광풍 속으로 돌아갔다.

＊   ＊   ＊

대회장의 테이블은 변해 있었다.

최종 생존자 36명.

숫자에 맞춰 자리를 재세팅한 것이다. 하지만 번호표 이동은 아직 없었다. 처음의 자리로 돌아갈 때 본부석의 지점장과 시선이 닿았다. 지점장이 슬쩍 엄지를 세워주었다. 민규는 눈인사로 답하고 조리대로 컴백했다.

"자리를 재배치할 모양인데?"

테이블을 정리하던 노장이 말했다.

"그런 거 같네요."

"식사는?"

"먹었습니다. 선생님은요?"

"밥 빵빵하게 먹고 왔지. 나는 체질적으로 배가 불러야 요리가 잘되는 편이거든. 한국인은 밥심, 알지?"

"예……."

"제3과제는 뭐가 나올 거 같나?"

"글쎄요, 종잡을 수가 없네요."

"그나저나 아까 그 감람수 말이야, 퍼포먼스 기막히던데?"

노장이 흉내를 냈다. 아무래도 살가운 표정은 아니었다.

"제가 물 연구 좀 했거든요. 진짜 감람수 만든 거 맞습니다."

"진짜?"

"예."

"농담 한번 진지하군. 나도 동의보감 물은 관심이 많았는데 그게 현실에서 가능이나 한가? 물론 좋은 약수라면 어느 정도 근접하겠지만 밖에서 약수를 가져온 것도 아니고……."

"선생님 솜씨는 더 놀랍던데요? 정말이지, 무릉도원 신선들의 식단을 책임지는 숙수처럼 보였습니다."

"나도 이 대회 대비해서 연구 좀 했거든. 뉴욕 쪽에 약선 자리 좀 알아봤더니 알선하는 친구가 그럴듯한 스펙이 있으면 연봉이 세진다고 해서 말이야."

"자신 있으시군요?"

"없을 건 또 뭔가? 요리 경력을 똥구멍으로 쌓은 것도 아닌데."

"예……."

대화하는 사이에 진행자가 마이크를 잡았다.

[아직 입장하지 않은 참가자께서는 지금 즉시 입장하시기 바랍니다. 다시 한번 말씀드립니다. 아직 입장하지 않은 분은 지금 바로

입장해 주십시오. 지금부터 제22회 식치방 약선요리 대회 제3과제를 시작합니다.]

　방송과 함께 대회장은 일제히 숨을 죽였다. 기본인 것 같지만 난이도가 장난 아니었던 오전의 1, 2과제. 참가자들은 긴장하지 않을 수 없었다.

　[오후 대회는 두 개의 과제로 진행됩니다. 먼저 제3과제를 제시하기에 앞서 장내 정리가 있겠습니다. 오전에 많은 탈락자가 있었으므로 진행의 원활을 위해 조리대를 앞쪽으로 변경합니다. 자리는 테이블 맨 앞쪽 생존자와 맨 뒤쪽 생존자가 짝을 지어 1번 2번 조리대, 앞쪽 두 번째 참가자와 끝에서 두 번째 생존자가 3번 4번 조리를 하는 식으로 이동합니다.]

　살아남은 사람 중의 1번과 끝 번호. 민규가 해당되었다. 진행 요원들이 이동을 도왔다. 사람이 많지 않으므로 바로 정돈이 되었다.

　[그럼 지금부터 제3과제를 제시합니다. 제3과제는 2인 1조 요리입니다. 지금 여러분이 짝을 지은 상태에서 오른쪽에 선 사람은 청색 리본을, 왼쪽은 적색 리본을 착용합니다. 실시해 주세요.]

　리본은 이미 조리대 위에 놓여 있었다. 민규는 청색 리본을 달았다.

　"잘해봅시다."

　파트너 참가자가 손을 내밀었다. 그는 머리카락을 시원하게 밀어버린 40대의 남자였다. 스님일까? 팔뚝 근육을 보니 칼질 꽤나 한 사람으로 보였다. 멘트는 계속 진행이 되었다.

　[시제를 발표합니다. 제3과제의 시제는…….]

진행자는 잠시 뜸을 들이다 시제 봉투를 개봉했다.

뭘까?

민규 머리가 빠르게 돌았다. 1, 2과제는 약선 기본 점검. 그렇다면 오후에는 실전 약선요리가 나올 가능성이 높았다.

"젠장, 불도장 같은 거 나오는 거 아니야?"

뒤쪽의 참가자가 중얼거렸다. 민규는 고개를 저었다. 불도장은 보신요리의 끝판왕. 중국 쪽 요리이긴 하지만 약선요리에서 다룰 수 있는 주제였다. 하지만 나오기 어려울 것으로 보였다. 이유는 식재료 때문이었다. 불도장을 제출하려면 샥스핀부터 제비집까지 고가의 재료가 필요했다. 그건 요리 대회 식재료로는 합당치 않았다. 나아가 요리 시간도 그랬다. 한두 시간 정도로는 불도장의 맛을 제대로 낼 수 없었다.

'그렇다면……'

열구자탕이나 승기악탕…….

범위를 좁혀보았다.

열구자탕은 신선로의 원래 이름이다. 궁중요리에서 빠지지 않는 데다 약선요리에서도 다루고 있으니 가능성이 높았다. 아니나 다를까? 민규의 예상이 시제를 적중시켜 버렸다.

[승기악탕입니다.]

"우!"

시제가 공개되자 장내가 출렁거렸다.

승기악탕.

궁중요리 좀 했다 하면 한 번쯤 시도해 본 요리였다. 오죽 맛이 좋으면 기생이나 풍악을 능가하는 '승기악탕'이라는 이름이 붙었을까? 하지만 승기악탕의 주재료도 한 가지는 아니었다.

[과제 진행은 2인 1조로 진행합니다. 재료 선택은 청색 리본이, 요리는 적색 리본 참가자가 맡습니다. 총 1시간 30분의 시간 중에서 조별 상의 시간은 5분이며 재료 선택 시간은 10분입니다. 이 과제에서는 적절한 재료 선택과 요리 과정이 포인트입니다. 이 과정을 지켜 요리를 완성한 조는 모두 다음 과제로 진출합니다. 조별 점수는 개인별 최종 평가에 그대로 반영됩니다.]

멘트는 쉬지도 않고 이어졌다.

[그럼 시작합니다!]

진행자의 발언과 함께 전광판의 시간이 움직이기 시작했다.

"아, 씨… 승기악탕은……."

파트너가 난색을 표했다. 민규의 짐작은 반쯤 맞았다. 그는 스님은 아니었다. 사찰에서 요리를 배운 거사였다. 지금은 약선요리를 연구하지만 시작 기반이 절 쪽이다 보니 사찰요리가 주특기였다. 간단히 말해 비린 것이 들어가는 요리를 많이 접해보지 않았다는 것.

"해보셨습니까?"

민규가 물었다. 그러는 사이에도 시간은 계속 흐르고 있었다.

"딱 두 번 해봤는데 기억이 가물하네요."

"……."

"그런데 이게 식재료도 굉장히 많이 들어가는 요리던데……."

"주재료는 아십니까?"

"나는 도미로 요리했지요. 그런데 듣자니 닭으로 하는 사람도 있고 숭어나 잉어로 하는 사람도 있다던데?"

"맞습니다. 주로 숭어와 도미로 하지만 잉어와 닭도 가능합니다."

민규가 답했다. 승기악탕 역시 전하는 요리서마다 약간의 차이가 있었다.

"재료는 아십니까?"

"그건 제가 맞출 수 있습니다. 레시피는 기억나세요?"

"도미… 도미… 도미……."

안달을 하던 파트너가 겨우 기억의 끝을 끌어냈다.

"맞아요. 도미를 구워서 썼던 것 같습니다. 어허, 이것 참… 나는 불도장이나 승기악탕은 안 나오려나 했는데……."

파트너는 여전히 난색이었다.

"그럼 제가 재료를 골라서 싱싱한 것으로 가져다가 레시피 차례대로 놓아드리겠습니다. 그대로 요리를 하십시오."

"그렇게 할 수 있겠습니까?"

"해봐야죠."

민규가 답했다. 이제 시계는 5분에서 몇 초만 남았다.

00:05.

시계가 5분을 가리켰다.

"이제 식재료를 준비하셔도 됩니다."

진행자의 안내가 떨어지자 참가자들이 재료를 향해 뛰기 시작했다.

재료는 넉넉하지만 좋은 걸 선점해야 했다. 다른 사람들의 손이 타서는 곤란했다. 참가자들은 도미부터 찜했다. 도미는 바다의 왕으로 불리니 당연한 선택이었다. 하지만 민규는 처음부터 숭어 쪽이었다. 도미가 고급 생선이라지만 숭어 또한 우리 민족과 함께 숨 쉬어온 귀한 식재료였다.

물고기는 활어 상태였다. 움직임과 색감, 비늘 상태를 보고 한 놈을 건졌다. 하지만 반대편에 상처가 있었다. 내려놓고 다른 놈으로 건졌다. 펄떡거리는 힘이 천하장사급이었다. 실제로 숭어는 회 뜰 때 머리를 베어놔도 오랫동안 요동을 친다. 힘의 차원이 다른 것이다.

그래서인지 이름도 무려 100개가 넘는다. 작은 것은 모치요, 8㎝ 정도가 되면 동어로 부른다. 크기가 커지면서 이름도 덩달아 변한다. 글거지, 애정이, 무근정어, 미패, 미렁이, 나무래미… 다 적으려면 끝이 없다.

숭어는 진흙을 먹어 토기($土氣$)가 있으므로 비위를 보하고 오장을 유익하게 한다. 또한 온갖 약을 함께 써도 큰 문제가 없다. 조기와 함께 효자 식재료였다.

맛도 다양하다. 겨울과 봄의 숭어는 맛이 달고 여름 숭어는 심심하다. 숭어가 가장 고소해지는 계절은 가을이다. 이 맛에 반한 중국 왕과 귀족들은 일찍부터 고급 요리로 즐겼다.

관건은 흙냄새였다. 숭어는 바닥의 흙을 먹고 살기에 해감을 잘못하면 흙냄새가 날 수 있었다. 오염된 물을 거쳤다면 기름 냄새도 각오해야 했다.

승기악탕에서 기름 냄새?

'윽!'

돌아볼 것도 없이 탈락 각이었다. 몇 마리를 뒤지다 쓸 만한 놈을 골랐다. 싱싱한 참숭어였다.

　다음으로 오리, 소고기, 두골, 곤자소니, 양깃머리, 전복, 해삼 등을 확보했다. 파트너를 위해 필요한 양을 맞춰 버렸다. 오리살은 가슴 쪽으로 200g이었고 소고기 역시 200g, 양깃머리도 200g이었다. 마무리는 육수를 위한 치맛살과 양지머리를 반씩 택했다. 많은 곳에서 노장 함세박과 마주쳤다.

　"아예 분량까지?"

　그는 한눈에 민규 속을 알아보았다.

　"파트너가 미덥지 못한 사람이로군."

　그가 웃었다.

　"그게 아니라 시간 아끼려고요."

　대충 둘러대고 다음 재료를 찾았다. 목이버섯과 황화채에 숙주와 미나리… 하지만 원추리가 있기에 숙주는 내려놓았다.

　"돌미나리 끝내주네."

　참가자 하나가 미나리를 집었다. 멀리서도 미나리향이 느껴지는 최상급 돌미나리… 가 아니었다.

　"잠깐만요."

　민규가 참가자를 세웠다.

　"왜요?"

　참가자가 돌아보았다.

　"이 돌미나리 사용하면 안 됩니다."

　민규가 참가자를 막아섰다.

　"뭐요? 당신이 뭔데?"

　참가자가 핏대를 올렸다.

"저기요, 여기 감독관님 좀 불러주세요. 아니면 대회 책임자든지."

민규가 진행 요원을 바라보았다.

"무슨 일입니까?"

바로 감독관이 달려왔다.

"이 돌미나리에 문제가 있습니다. 이거 요리에 쓰면 안 됩니다."

"뭐라고요?"

감독관은 황당한 표정을 지었다. 소란을 들은 참가자들이 줄줄이 몰려들었다.

"왜 그래? 돌미나리 때깔하며 퀄리티 좋은데."

"그러게요? 기름진 색감에 튼실한 줄기… 이만하면 최상급이야."

참가자들이 한마디씩 보태놓았다.

"겉보기는 좋아도 생육 환경에 문제가 있습니다. 몸통을 잘 보세요. 기름지긴 하지만 싸한 느낌이 들지 않습니까? 문제 있는 미나리입니다."

"이봐요. 이 돌미나리는 이 대회를 위해 특별히 좋은 것으로 납품받은 겁니다. 아무 걱정하지 않아도 돼요."

책임자는 단호했다.

"아닙니다. 문제 있습니다."

민규는 돌미나리를 막아선 채 물러서지 않았다.

"거 멀쩡하구만. 이 사람이 무슨 결벽증 있나?"

"시간 없수다. 마음에 안 들면 본인이 안 쓰면 될 일 아니오?"

미나리 맛을 본 참가자들이 민규를 공격하고 나섰다.

'어쩐다?'

민규가 잠시 고뇌했다. 재료는 돌미나리다. 향이 강하기에 웬만한 사람은 이상을 알기 어려웠다. 그렇다고 즉석 성분 검사를 할 수 있는 것도 아닌…….

'응?'

본부석을 바라보던 민규, 기막힌 생각이 머리를 스쳐 갔다. 단상에 도열한 미식가들. 그들이 답이었다.

"제 말을 입증할 방법이 있습니다."

진행자가 본부석으로 달려가 민규의 뜻을 전했다. 다행히 지점장이 먼저 일어섰다. 민규의 설명을 들은 그들이 생돌미나리를 시식했다. 지점장을 제외한 둘은 귀찮다는 표정이 역력했다. 하지만 줄기를 씹던 세 사람. 차례차례 미간이 구겨졌다.

"이거 농약 같은데요?"

"맞아요. 미나리 향 끝에 미미하게 불쾌한 맛이 섞여옵니다."

"농약입니다. 좀 심하네요."

마지막 미식가는 입에 문 미나리를 뱉어버렸다.

"우!"

놀란 참가자들이 움찔거렸다. 척 보는 것만으로 돌미나리 속에 든 불순물을 알아낸 민규. 신기가 아닐 수 없었다.

"놀랍군요. 이런 감별력이라니……."

미식가 한 사람이 경탄을 쏟아냈다. 그대로 요리가 되었으면 요리 맛에 영향을 주었을 일. 더구나 그들 자신이 시식하게 되었을 일이었다.

짝짝짝!

참가자와 진행 요원들이 박수를 보내왔다. 시간은 그만큼 조정이 되었다. 미나리는 비상용으로 비축한 일반 미나리로 대체가 되었다.

"이것도 좀 살펴주시죠."

식재료를 담당한 진행 요원이 새 미나리 한 단을 내밀었다. 질은 좀 떨어지지만 큰 문제는 없었다.

"괜찮네요."

민규가 웃었다.

[잠시 해프닝이 있었습니다. 문제가 있는 식재료가 발견되었는데 한 참가자의 기지로 해결이 되었습니다. 그럼 다시 대회를 이어가겠습니다. 시작하세요.]

진행자의 멘트가 떨어졌다.

민규도 남은 재료를 마저 채웠다. 계란은 다섯 개, 잣은 한 줌, 은행은 8개, 밤은 토실한 것으로 4개를 골랐다. 양념은 테이블에 있으니 그것으로 마감이었다.

"숭어부터 시작하십시오. 중요한 건 숭어를 손질한 후에 참기름과 간장을 섞어 만든 유장을 발라서 석쇠에 노릇하게 구워낸다는 겁니다."

설명을 하며 재료를 레시피에 맞춰놓았다. 숭어 다음에 육류, 두골과 곤자소니, 양깃머리, 전복과 해삼의 순이었다.

"알 것 같습니까?"

"음… 생각하고 있습니다. 그렇게 놓으니 도움이 되네요."

"다른 건 몰라도 숭어는 손질하신 후에 이 물에 잠시 적셔주시고, 육수 만들 때도 이 물을 써주시기 바랍니다."

민규가 물 냄비 둘을 가리켰다. 벽해수와 육수 전용 초자연수를 소환해 둔 물통이었다.

[10분입니다. 이제 청색 리본 참가자는 자기 조리대로 물러나 주십시오. 지금부터 요리를 거들거나 조언을 하면 즉각 탈락입니다.]

진행자의 목소리에 힘이 들어갔다.

'하아.'

민규 입에서 한숨이 밀려 나왔다.

진인사대천명.

식재료는 맞췄다. 이제는 기다릴 수밖에 없었다.

승기악탕.

1) 숭어는 비늘을 긁고 내장을 꺼낸 후 몸통에 칼집을 넣어 참기름+진간장으로 만든 유장을 발라 석쇠에 구워낸다. 혹은 포를 떠서 양념을 한 후에 지져내도 된다.

2) 소고기, 오리고기 등은 얇게 저며서 양념을 뿌려 버무려 둔다.

3) 두골은 얇게 저며 밀가루를 입힌 후에 계란물에 적셔 전으로 지진다.

4) 곤자소니와 양깃머리는 무르게 삶아내 먹기 좋게 썰어 양념을 한다.

5) 전복과 해삼 역시 먹기 좋게 썬다.

6) 목이버섯과 황화채는 물에 불려 알맞게 자른다.

7) 숙주는 다듬어 물에 씻은 후에 끓는 물에 데친다.

8) 원추리는 굵은 소금을 약간 넣은 물에서 데쳐놓는다.

9) 미나리는 다듬어 밀가루를 묻힌 후 계란물에 적셔 살짝 지져내 미나리초대를 만든다.

10) 계란은 흰자와 노른자를 구분해 지단으로 부친 후 골패 모양으로 자른다.

11) 은행은 기름에 살짝 볶아 껍질을 제거하고 호두는 끓는 물에 담가 속껍질을 제거한다. 밤은 도톰하게 썰어둔다.

12) 전골냄비에서 2)의 고기를 볶은 후, 숭어와 기타 재료를 색에 맞춰 돌려 담고 육수를 부어 끓인다.

13) 냄비에 계피, 후추 등의 양념을 식성에 따라 추가해 먹는다.

승기악탕의 레시피였다.

경우에 따라서는 1)을 12)의 전골냄비에 담는 과정 전으로 바꿀 수도 있었다.

다닥다다닥.

사사사사삭.

칼질 소리와 함께 요리의 연주가 시작되었다. 생존한 참가자는 36명. 두 명이 한 조를 이루었으니 18명의 칼질이었다. 그러나 나름 칼질의 달인들. 그 소리는 악단의 연주에 버금가고 있었다.

파트너의 칼질은 신중했다. 특이한 건 비늘 벗기기였다. 그는 도구를 쓰지 않고 손톱을 이용했다. 엄지를 제외한 네 손가락을 가지런히 모아 꼬리에서 머리 쪽으로 당겼다. 비늘이 부드럽게 떨어져 나갔다. 보너스 점수를 받을 수 있는 시도였다. 긁개로 박박 긁는 것보다 재료의 손상이 줄어드는 것이다.

하지만!

거기서 실수가 나왔다. 죽은 줄 알았던 숭어가 펄쩍 뛰었다. 놀란 파트너가 손으로 눌렀지만 숭어는 바닥에 떨어지고 말았다.

"......!"

민규의 가슴이 철렁 내려앉았다. 보너스를 갉아먹고도 모자라는 감점이었다.

다행히 바로 수습이 되었다. 숭어를 씻어낸 후에 물기를 닦고 칼집이 들어갔다. 문제는 그 숭어를 씻은 물이 민규가 소환한 육수용 초자연수라는 것.

거기서 민규는 마음을 비웠다. 그는 민규가 아니었다. 매 순간 조바심을 낸다고 해서 바뀔 것은 없었다. 주최 측을 생각했다.

왜 이런 과제를 넣은 걸까?

어떻게 보면 이 또한 요리의 필수 과정이었다. 많은 요리사들은 혼자 일하지 않는다. 특급 호텔 같은 경우라면 셰프만 100여 명이 넘는 곳도 있다. 좋은 요리가 나오려면 손발이 맞아야 한다. 조율이 되어야 한다. 그걸 반영한 주최 측의 의도일 수 있었다.

심사 위원들이 점검을 시작했다. 사람이 줄어드니 지점장의 동선도 한눈에 보였다. 사념을 내려놓고 마음으로 파트너를 거

들었다. 잘해, 잘해의 질책이 아니라 잘할 수 있어요, 잘할 수 있어요의 응원이었다.

육류 재료가 지나고 채소가 나오자 파트너의 실력이 나왔다. 원추리와 목이버섯… 칼을 쓰지 않았다. 손으로 정성껏 끊어놓았다. 그때의 진지함이란…….

'역시 한 방이 있었군.'

민규의 조바심이 천천히 가라앉으려는 찰나, 다시 위기가 닥쳤다. 미나리였다.

미나리.

찌개나 탕에 들어갈 때 그냥 올린다. 살짝 덜 익혀 먹기도 한다. 미나리의 향을 먹기 위해서였다. 하지만 승기악탕의 미나리는 그렇지 않았다. 밀가루를 묻히고 계란물을 발라 살짝 지져내는 '미나리초대'를 만들어야 했다. 파트너는 그걸 잊고 있었다.

그래도 밤 깎는 솜씨는 가히 달인급이었다. 속껍질은 다 벗기지 않고 띠를 두른 것처럼 한 줄씩 남겨놓았다. 밤은 속껍질도 약이다. 그의 약선은 서툴지 않았다.

[10분 남았습니다.]

진행자가 시간을 알려왔다. 참가자들이 일제히 시간을 보았다.

민규네 육수는 그럭저럭 잘 끓고 있었다. 국물이 뽀얗게 변하기 시작했다. 차분하게 육수의 기름을 제거한 파트너가 처음으로 민규를 바라보았다. 민규는 양손의 엄지를 세워주었다. 더듬거린 과정과 감점 요인이 있었지만 탈락 각은 면할 것 같았다.

"5분 남았습니다."

육수가 얌전히 부어졌다. 다시 파트너가 민규를 보았다. 민규
가 끄덕 신호를 보내자 불길이 당겨졌다.

승기악탕!

냄비 안에 와글와글 키를 맞춘 재료들이 맛의 창조를 위해 달
리기 시작했다.

보글보글.

소리가 예술이었다.

하르르.

식재료가 조화를 이루며 피어올리는 김은 환상이었다.

승기악탕 완성.

이제 심사라는 운명이 내려올 차례였다.

2. 기사회생

맛 평가가 시작되었다. 지점장이 낀 심사 위원 조가 민규네 요리 평가를 맡게 되었다. 게다가 1번 요리… 심사 위원들은 외양부터 살폈다. 카메라 영상도 함께 돌아갔다. 재료의 배치와 익은 정도, 구성 요소를 디테일하게 분석하는 것이다. 요리 전문가의 젓가락이 미나리를 집어 들었다. 그때까지도 파트너는 그 실수를 모르고 있었다. 다음은 채소 차례였다. 칼이 아니라 손으로 자른 채소들이었다.

"왜 손으로 자르셨죠?"

요리 전문가가 물었다.

"채소는 칼이 닿는 순간 맛이 변하기 때문에 손으로 잘랐습니다."

파트너가 답했다.

"밤 껍질은 왜 한 줄을 남겨뒀나요?"

"껍질에 좋은 성분이 많기 때문입니다."

"숭어는 돌발 사고에 비하면 제대로 구웠군요."

"……."

"미나리도 좀 아쉽습니다."

"……!"

그제야 파트너의 눈빛이 출렁 흔들렸다. 심사 위원들이 요리를 개인 접시에 덜었다. 일단 풍미를 음미하고 시식에 돌입했다.

"으음……."

"하아……."

목 넘긴 후의 신음 소리가 약했다. 그래도 인상은 찡그리지 않았다. 간이 잘되었다는 증거였다.

"육수, 괜찮은데요?"

연예인의 평가는 나쁘지 않았다.

"기대 이상으로 재료의 맛을 잘 살렸네요."

지점장의 평가도 바닥은 아니었다. 그건 민규 때문이었다. 최상의 재료를 확보함으로써 국물 맛을 부각시켰다. 준비해 준 초자연수를 버린 게 아쉽지만 그나마 숭어를 씻었기에 기운은 깃들어 있었다.

"수고하셨습니다."

심사가 끝났다.

"실수가 있었죠?"

심사 위원들이 멀어지자 파트너가 나지막이 물었다.

"그 정도면 최고였습니다."

민규가 답했다.

"미나리가 미나리초대였나요?"

"예."

"아, 역시……."

"잊으세요. 심사 위원들 평도 괜찮잖아요."

"어휴, 탈락이나 면하면 좋으려만……."

파트너의 시선이 노장의 테이블로 넘어갔다. 확실히 매는 먼저 맞는 놈이 나았다. 다른 사람들의 요리를 보는 시선에 여유가 생겼다. 노장의 요리는 후한 점수를 받았다. 식재료가 좋은 데다 파트너 병창주가 승기악탕을 실수 없이 요리했다. 도미를 이용한 승기악탕이었는데 흠잡을 데가 없었다.

3조…….

4조…….

한 팀, 한 팀의 심사가 끝날 때마다 희비가 엇갈렸다. 6조는 폭망이었다. 탕에서 비린내가 났다. 목이버섯에는 모래가 남아 있었고 호두는 껍질을 제대로 벗기지 않았다. 결정적인 실수는 전복과 해삼이었다. 조리를 맡은 참가자, 대범하게도 통째로 투하한 것이다. 심사 위원들은 맛을 보지 않고 심사를 마감했다. 탈락이었다.

[제3과제 통과 팀을 성적순으로 발표하겠습니다. 3과제 통과 팀은 모두 아홉 팀입니다. 탈락한 팀은 호명이 끝나면 바로 퇴장해 주시기 바랍니다.]

"……!"

진행자의 멘트가 나오자 참가자들의 시선이 굳어버렸다. 아홉 팀. 그렇다면 절반이 떨어진다는 얘기였다.

"아… 미나리……"

파트너가 조바심을 내기 시작했다. 지적받은 게 마음에 걸리는 모양이었다. 화면에 참가 팀들의 표정이 차례로 비치고 있었다.

'만약……'

리본 색깔이 바뀌었다면 어땠을까? 파트너가 식재료를 가져오고 민규가 요리를 했더라면? 그것도 최상은 아니었다. 재료의 숫자가 많았다. 적어 들고 갈 수 있는 것도 아니었다. 그중 한두 개만 빼먹어도 치명타가 되었을 일. 돌이켜도 소용없을 일이었다.

그래도 희망은 놓지 않았다. 민규가 골라온 건 최상의 재료들이었다. 초자연수를 쓰지 못했지만 맛에서는 다른 팀에게 뒤지지 않았을 일. 거기에 기대를 걸었다.

[먼저 이 경연의 최고 득점 팀입니다.]

진행자가 전광판을 바라보았다. 웅장한 음악이 깔리며 분위기를 띄웠다.

[최고 득점 팀은……]

화면에 참가 팀의 면모가 스쳐 갔다. 그 물결의 파노라마는 노장 함세박 팀의 얼굴에서 멈췄다.

[2번 팀 변창주, 함세박 참가자입니다!]

음악이 요란하게 울렸다. 심사 위원들이 박수를 보내왔다. 그들이 받은 점수는 96점이었다. 민규도 박수를 보냈다. 소리 없는 강자 변창주와 소리 나는 강자 함세박. 파트너 운이 좋았다지만 모르는 사람들이 만나 과정을 나누어 요리한다는 건 쉬운 일이 아니었다.

[96점, 세 심사 위원이 만점에 가까운 점수를 주었습니다. 승기
악탕의 원전을 잘 구현했고, 맛에 더불어 요리의 과정과 식감까
지 구성에 나무랄 데가 없다는 평이 나왔습니다. 박수 부탁합니
다.]

진행자의 말이 나오자 한 번 더 박수가 쏟아졌다.

[그럼 점수순으로 다음 통과 팀을 발표하겠습니다. 전광판을 주
목해 주십시오.]

멘트를 따라 움직이는 건 참가자들만이 아니었다. 스탠드의
종규도 그랬다. 거기서 참가자들을 기다리는 가족과 지인들 역
시 애간장이 녹는 건 크게 다르지 않았다.

17조.

4조.

11조.

9조.

13조……

[여덟 팀을 발표하고 이제 마지막 한 팀이 남았습니다.]

진행자가 발표를 멈췄다. 마지막 한 팀. 이때까지도 민규 팀은
호명받지 못했다. 네 팀은 심사 부적격으로 앞서 퇴장했기에 여
섯 팀이 남았다. 6 대 1의 확률이었다.

숭어 때문일까? 아니면 역시 미나리? 그것도 아니면… 다른
참가자들의 실력이 상상 불가? 잡념이 연기처럼 피어오를 때 진
행자가 번호를 읽어버렸다.

[15번!]

"……!"

번호와 동시에 민규 머리에 아찔함이 스쳐 갔다.

"아……."

파트너는 머리를 격하게 흔들었다. 기대감이 무너지는 순간이었다. 그런데, 진행자가 또 하나의 번호를 불러놓았다.

[1번!]

"응?"

1번?

민규가 파뜩 고개를 들었다.

[심사 결과, 호명받은 두 팀이 탈락선에서 동점을 이루었습니다. 두 팀 다 4과제에 출전합니다.]

"와우!"

파트너가 허공을 후려쳤다. 그런 다음 그 억센 어깨로 민규 허리를 끌어안았다.

"진출입니다. 우리도 진출이라고요."

파트너가 소리쳤다. 그 품에서 스탠드를 바라보았다. 벌떡 일어선 종규가 두 팔을 흔들고 있었다. 기사회생. 민규의 극적 부활이었다.

[3과제까지 통과하신 참가자 여러분, 고생 많으셨습니다. 이제 오늘의 마지막 과제를 남겨놓았습니다. 참고로 다른 대회장의 결과를 알려 드리자면 1대회장에 16명 생존, 2대회장 22명 생존입니다. 우리 3대회장에 20명이 생존해 있으니 현재까지 생존자는 총 58명입니다.]

58명.

3,266명에서 58명이 남았다.

[모레 식치방 본사 조리 연구실에서 치러질 최종 결선 진출자는 아홉 명입니다. 각 대회장 별로 세 명을 뽑아 결선을 치루게 되며 케이블 방송으로 전국 중계가 예정되어 있습니다. 하지만 대회장 별 비율은 총점의 차이에 따라 변할 수도 있습니다. 말하자면 여러분들 중에서 아홉 명이 뽑힐 수도 있고, 한 명도 뽑히지 못할 수도 있다는 이야기입니다. 그러니까 여러분은 옆 사람을 기준으로 임할 게 아니라 전체 참가자를 기준으로 요리에 임해주시길 바랍니다.]

진행자의 말과 동시에 화면에 생존자 이름이 표시되었다.

[참고로 말씀드리면 현재까지는 우리 3대회장의 최고점보다 1, 2대회장 쪽의 최고점이 더 높게 나와 있습니다.]

"으어!"

참가자 일부가 한숨을 쉬었다. 반가운 말은 아니었다.

[그럼 오늘의 마지막 과제를 제시합니다. 마지막 과제는…….]

진행자가 봉투를 열었다. 이번에는 뜸을 들이지 않고 바로 공개를 했다.

[三米粥.]

글자가 화면에 비쳐졌다. 삼미죽이었다.

[이번 시제는 삼미죽입니다. 기본 구성을 갖추면 요리 과정의 파격이나 응용은 무제한 허용됩니다. 맛과 약선 목적만을 평가의 대

상으로 합니다. 제한 시간은 1시간, 그동안 아껴두었던 여러분의
실력을 마음껏 과시해 주시기 바랍니다.]

마지막 과제여서일까? 진행자의 멘트도 시원했다. 전광판의
시간은 바로 카운트다운을 시작했다.

10초 전.

9초 전.

8초 전…….

'삼미죽…….'

삼미는 세 가지 곡류였다. 그렇다고 아무거나 세 가지는 아니
었다.

'율무, 좁쌀, 멥쌀…….'

이들 중에서 핵심은 차조였다. 조의 주성분은 탄수화물이다.
하지만 단백질과 지질에 이어 무기물과 비타민도 풍부하게 함유
되어 있다. 특히 좁쌀은 오곡 가운데서 가장 단단해 신장과 기
를 보양하고 오줌을 잘 나가게 하는 데 좋았다.

'좁쌀, 멥쌀, 율무, 연육, 구기자, 노란조, 부추, 마, 파, 산초가
루…….'

여기에 독특한 한 가지를 더하면 구성이 완료된다. 그 독특한
한 가지는 뜻밖의 재료였으니 바로 돼지 콩팥이었다.

"아, 말만 자유 요리지 끝까지 만만치 않네."

1번 테이블의 파트너가 고개를 저었다. 재료 중의 한두 가지
가 생각나지 않는 모양이었다.

00:01.

마침내 마지막 과제가 시작되었다. 생존자들은 이번에도 재료

를 찾아 뛰었다. 변창주가 먼저였다. 서너 명은 재료 단계에서 이미 탈락 각이었다. 그들은 수수쌀과 찹쌀을 집었다.

민규는 그들과 달리 돼지부속물 쪽으로 향했다. 부속물은 콩팥 하나가 아니었다. 간과 폐, 오소리감투와 막창, 지라와 콩팥… 혼동을 위해 갖가지를 구비한 주최 측이었다.

30여 개 콩팥 중에서 신중하게 하나를 골랐다. 드물게 도토리 냄새가 났다. 약 냄새는 적었다. 완전 방목은 아니지만 부분 방목을 한 돼지로 보였다.

삼미는 그다음이었다. 손으로 집어 묵직한 좁쌀을 택했다. 율무는 찰기가 좋은 것으로 골랐다. 보통 사람이라면 깨물어서 이에 달라붙는 걸 고르면 되었다.

멥쌀은 종류가 많았다. 그중에서 만도미, 즉 수확을 가장 늦게 한 것을 찾아냈다. 레시피에 들어가는 노란 조, 즉 속황(粟黃)은 생략했다. 그 또한 좁쌀의 일종이니 그걸 빼고도 맛을 더할 방법이 있었다.

마는 조금 시간이 걸렸다. 산마가 아니라 재배였다. 뒤지고 뒤져 산자락 끝머리에서 재배된 것을 찾아냈다. 산초도 오래 걸리지 않았다. 최근에는 산초와 구분이 모호해진 초피가 있다면 그걸 잡았겠지만 산초뿐이기에 헷갈릴 일도 없었다. 연육과 구기자 등을 바구니에 담는 것으로 재료 사냥이 끝났다.

죽을 쑤는 용기.

뭐가 좋을까?

두말할 것 없이 돌솥이었다. 죽 하면 늦게 추수한 쌀에 돌솥이 최적의 궁합이다. 그다음에 무쇠솥을 꼽는다. 이는 옛부터 전하는 바지만 취향에 따라 무쇠솥을 택하는 참가자도 보였다. 그다음에 꼽히는 것. 당연히 물이었다. 좋지 않은 물로 흰죽을 쑤면 누런빛을 띨 수 있었다.

삼미죽.

첫째로 할 일은 당연히 삼미를 물에 불리는 일이었다.

보통 2~3시간을 불린다. 하지만 주어진 시간은 1시간. 어쩌면 재주를 발휘해 보라는 시제이기도 했다.

드르륵다락!

짜라라락!

여기저기서 삼미 갈아내는 소리가 들렸다. 갈아서 불리면 시간을 단축할 수 있었다. 하지만 민규는 그 길을 가지 않았다. 강제로 폭파한 곡류에 정기가 온전히 간직될 리 없었다.

단시간에 쌀을 불려내는 법.

33가지 물로 그 방법을 찾았다.

'국화수와 장수……'

민규의 간택을 받은 초자연수였다. 국화수를 택한 건 감천 때문이었다. 죽물에는 감천(甘泉)이 으뜸이다. 감천이라면 감로수다. 물맛이 달다. 정화수로 볼 수도 있고 단풍나무나 노나무의 나뭇잎에서 나오는 달디단 액즙도 감로수로 꼽힌다.

국화수는 성질이 따뜻하고 맛이 달다. 여기에 땅에 닿기 전의 신비수 반천하수를 미량 섞으니 이상적인 감천과 유사했다. 더구나 국화수는 곡류의 수확철에 나는 물이 아닌가?

율무와 멥쌀을 나누어 불리고 좁쌀은 장수에 넣었다. 곡류 중에서 가장 단단한 좁쌀. 그러나 장수 역시 좁쌀로 쑨 죽의 윗

물이었으니 좋은 결과를 기대할 수 있었다. 나아가 장수 또한 따뜻하고 단 성질이었다. 지장수를 소환해 돼지 콩팥을 씻으니 첫 단계는 끝이었다.

'후우.'

숨을 돌리고 마와 부추를 지장수에서 건져냈다. 마는 싱싱한 빛이 돌았다. 부추 역시 갓 베어낸 듯 초록거렸다.

[30분 경과합니다.]

진행자가 시간을 알려주었다. 삼미는 아직 제대로 붇지 않았다. 체육관의 창문에 아른거리는 햇빛을 본 후에 연육과 구기자, 산초가루를 준비했다. 마와 부추는 손대지 않았다. 마는 미리 갈면 변색한다. 변색을 막으려 소금이나 설탕을 뿌리면 맛에 영향이 간다. 부추 또한 최대한 싱싱함을 살리려면 마지막에 투하하는 게 좋았으니 돼지 콩팥 손질로 손을 옮겼다.

그때, 체육관의 창을 타고 들어온 햇빛 한줄기가 민규 테이블 귀퉁이에 떨어졌다. 그 위에 한지를 깔고 물기를 뺀 율무를 펼쳤다. 좁쌀도 물을 갈아주었다. 이번에는 취탕이었다. 취탕은 묵은 숭늉. 전자는 율무의 효능을 극대화하기 위한 방법이었고, 후자 역시 약효 상승을 위한 조치였다. 살짝 쉰 좁쌀은 속미분(粟米粉)으로 불린다. 해독 작용이 탁월해지는 것이다.

"왜 이러고 있는 거죠? 다른 분들은 죽을 쑤고 있는데……."

요리 과정을 지켜보던 연예인 심사 위원이 물었다. 민규가 약선 원리를 설명했다.

"하지만 시간이……."

연예인은 시계를 바라보며 다음 테이블로 넘어갔다.

시간……

민규가 모를 리 없었다. 민규의 모든 신경은 삼미에 집중되어 있었다.

15분 전.

멥쌀을 건져냈다.

좁쌀도 건져냈다.

율무도 그릇에 쏟았다.

좁쌀을 갈았다.

멥쌀을 갈았다.

율무도 갈았다.

[10분 남았습니다.]

멘트와 함께 본격적으로 요리에 돌입했다. 마를 갈고 부추를 썰었다.

'지금이야.'

삼미를 확인한 민규가 돌솥에 국화수를 부었다. 준비를 마친 삼미도 투하했다.

딸깍!

마침내 돌솥에 불을 붙였다. 죽 끓이기 돌입이었다. 참가자들의 손길이 바빠지기 시작했다. 이미 끝을 내고 손을 닦는 사람도 있었다. 민규의 삼미가 반쯤 퍼졌다. 마가 들어갔다. 삼미가 제대로 퍼지자 부추로 마감을 했다.

[1분 남았습니다. 이제 마무리해 주십시오.]

진행자의 목소리가 압박을 가해왔다. 화면에 잡힌 건 변창주였다. 함세박도 보였다. 요리의 마지막이었다. 스탠드의 종규는 두 손을 모으고 있었다.

'제발……'

두 손에 담긴 기도였다.

30초 전.

구기자와 산초가루 적량을 더하고 죽을 마무리했다. 그릇은 진작 준비되어 있었다. 어둡고 진한 황금색이었다. 거기 죽을 부어놓고 대추살을 오려 만든 꽃 장식 세 개를 올린 후에 요리의 주제어 쪽지를 엎어놓았다.

00:00.

거의 동시에 시계가 멈췄다.

[여기까지입니다. 참가자 여러분은 요리에서 손을 떼고 물러나 주십시오. 지금부터 손을 대는 사람은 무조건 탈락입니다.]

진행자가 거듭 강조했다.

지금까지와는 달리 진행 요원들이 각 테이블로 다가왔다. 모두 여자들로 한복풍의 유니폼이 돋보였다. 그들은 죽 그릇을 고이 쟁반에 담아 본부석 쪽으로 옮겼다. 각각의 죽 그릇 20여 개가 한데 놓이니 그 또한 장관이었다.

[그럼 지금부터 제4과제 심사를 진행하겠습니다. 심사 위원 여러분, 심사대 앞으로 나와주십시오.]

진행자가 바빠졌다. 심사 위원 아홉 명이 단상에서 내려왔다.

[먼저 삼미죽의 약선 목적부터 확인하겠습니다.]

진행자가 봉투를 열었다.

補益.

한문은 '보익'이었다. 뒤쪽에서 탄식이 새어 나왔다. 몇몇은 다른 화제를 적은 모양이었다.

'함세박······'

민규의 시선은 노장의 작품에 꽂혔다. 민규가 2번, 그가 4번. 그러나 죽 그릇은 똑같이 진한 황금색이었다.

'역시······'

만만치 않아.

민규가 혼자 생각했다. 황색을 택한 건 기분이 아니었다. 삼미죽은 주로 비위장의 허실을 잡기 위한 재료로 구성이 되었다. 누구나 먹을 수 있지만 민규식으로 하자면 土형 체질에게 가장 적합한 약선이었다. 土의 상징은 황색과 단맛. 그렇기에 단맛 나는 감천이 최상의 궁합인지도 몰랐다.

진행 요원들이 화제를 적은 종이를 일제히 펼쳐 놓았다.

보익, 보익, 보익······

대다수의 참가자들은 요리의 주제를 꿰뚫고 있었다. 다만 세명은 답이 달랐다. 그들의 죽은 평가대에서 제외되었다.

"허유!"

셋은 한숨을 쉬며 물러났다.

[그럼 작품 평가를 시작합니다.]

진행자의 말과 함께 심사 위원들이 움직이기 시작했다. 그들은 자유롭게 포진했다. 뒤에서부터 맛을 보는 사람도 있었고 중간에서 시작하는 사람도 있었다.

지점장 방경환은 차례대로 움직였다. 1번 죽을 맛보고 민규죽에 다가섰다. 조금 덜어내 맛을 보았다. 한 번으로 끝내고 다음 죽으로 넘어갔다.

'별론가?'

방경환은 아버지의 미각을 물려받은 정통 미식가. 한 번으로 끝나는 게 마음에 걸렸다. 그건 노장 때문이었다. 그 죽은 두 번을 맛보는 방경환이었다. 다른 심사 위원들도 그랬다. 더불어 노장의 파트너였던 변창주의 3번 죽도 관심의 대상이 되었다. 그의 죽 그릇은 차이나 레드로 불리는 진한 붉은색. 그 죽도 맛이 좋은 모양이었다. 이제 보니 붉은색 역시 우연은 아니었다. 그의 의도는 화생토(火生土), 즉 土를 살리기 위해 火를 강조한 것이었다.

"흐음."

노장의 입에서 여유로운 헛기침이 나왔다. 맛은 얼굴에 쓰인다. 심사 위원이라고 해서 포커페이스는 아니었다. 연예인 심사 위원들은 더욱 그랬다. 그들은 4번 죽에서 오래 머물렀다. 먹기도 많이 먹었다.

뒤쪽으로도 강자들이 있었다. 9번과 13번 죽이 그랬다. 맛있는 죽 앞에는 한결같이 정체되는 심사 위원들이었다.

'내가 너무 수준을 높여 잡았나?'

살짝 갈등이 생겼다. 민규의 죽은 삼미죽의 원형이었다. 자극적인 산초의 향을 누른 것 외에는 거의 그랬다. 식재료 각각의 맛을 최고로 끌어올리되 오케스트라처럼 완벽 조화를 이룬 죽. 먹으면 한없이 편해지는 속. 먹는 즉시 소화가 될 것만 같은 죽. 삼미죽은 사실 천연 소화제로 불리기도 했던 것이다. 하지만 심사자들은 고작 한두 숟가락. 그 진가를 음미하기도 전에 다른 죽을 먹게 되는 문제가 있었다. 그렇다고 단맛을 앞세워 혀를 유혹하는 건 약선이 아니었다.

'진인사대천명.'

다시 그 말에 기댈 뿐이었다.

[자, 심사 위원님들, 이제 마감해 주시죠.]

진행자가 심사 위원들을 재촉했다. 전체 죽을 맛본 심사 위원들, 여운이 남은 죽 앞으로 이동해 한 번씩 더 맛을 보았다.

그런데…….

지점장이 민규 죽 앞으로 돌아왔다. 그는 제법 많은 양을 떠서 천천히 음미했다. 눈을 감는다. 민규의 단점을 분석하려는 걸까? 순간, 이번에는 요리 전문가 두 사람이 민규 죽 앞에 다가섰다. 그들 역시 죽을 떠서 상태를 보고, 맛을 보았다. 표정은 심각하지만 나쁘지 않았다. 민규에게 서광이 비치는 순간이었다.

[그럼 지금부터 제22회 식치방 약선요리 대회 제3대회장 예선 결과를 발표하겠습니다.]

본부석으로 올라간 진행자가 마이크를 들었다. 참가자들은 숨도 쉬지 않았다.

[그에 앞서 제4과제의 심사 결과부터 발표합니다. 삼미죽, 아주 재미난 결과가 나왔습니다.]

진행자 얼굴에 미소가 스쳐 갔다.

[먼저 총점 1등. 1등은 시식 번호 4번 함세박입니다.]

"우!"

참가자들 입에서 경탄이 나왔다. 그는 3대회장의 최연장자. 헐렁하게 생긴 외모와는 달리 진짜 고수였다.

[반면 연예인 심사 위원 점수 1등은… 시식 번호 3번 변창주!]

"……!"

민규 뒤통수에 작은 충격이 일었다. 3번과 4번이 나란히 좋은 평가를 받다니…….

[그리고 마지막으로 요리 전문가에게 최고점, 미식가들에게 만점을 받은 참가자…….]

진행자의 시선은 뒷줄로 옮겨갔다. 화면에는 11번, 13번, 17번 등이 차례로 잡히고 있었다.

[이분들 중에 한 분일까요?]

진행자가 잠시 뜸을 들였다. 그러다 벼락처럼 포커스를 돌렸다. 민규 쪽이었다.

[전문가와 미식가들의 선택은 2번 이민규 참가자입니다.]

"……?"

나?

민규는 귀를 의심했다. 틀렸다고 생각해 버린 순간 찾아든 서광… 그 서광이 말문을 막아버린 것이다.

[최종 결과를 발표합니다. 화면을 주목해 주십시오.]

멘트와 함께 번호가 뜨기 시작했다.

3,265번.

노장 함세박이었다.

2,201번.

변창주였다.

그리고…….

마지막 번호 하나가 전광판에 들어왔다.

3,266번.

이민규.

번호와 이름이 함께 뜨자 스탠드의 종규가 펄쩍 뛰어올랐다.

"형!"

목 터지는 외침은 민규 귀에 들리지 않았다.

기사회생. 다른 단어로는 설명되지 않는 순간이었다.

*   *   *

"이민규 씨."

대회장을 나설 때였다. 누군가 민규를 불렀다. 민규가 돌아보았다.

"지점장님."

"오늘 극적이었어요."

지점장이 손을 내밀었다. 민규가 악수에 응했다.

"운이 좋았죠, 뭐."

"운도 실력이에요."

"그런가요?"

"결선 진출… 좋죠?"

"네. 설령 떨어졌다고 해도 많은 공부가 된 날이었습니다."

"떨어지면 안 되죠. 그런 마음이면 창업 못 해요."

"네?"

"개업하고 싶다면서요? 이 대회도 정글이지만 개업은 그보다도 더 넓은 정글로 나가는 길입니다. 실패하면 대미지도 커요."

"네……."

"내가 심사 위원으로 나와서 놀라지 않았어요?"

"조금요. 어쩐지 약선요리 대회를 잘 알고 계신다 했어요."

"여기 회장님이 제 선친이랑 지인이세요. 아버지만은 못하지만 제 미식도 상당하다며 초대를 했네요. 주제넘지만 아버지와의 인연 때문에 수락했습니다."

"예……."

"나는 예심만 봐요. 모레 결선에는 그냥 옵저버로 참가합니다."

"그렇군요."

"여기까지 왔으니 대상 먹어야죠?"

"열심히 해보겠습니다."

"열심히만으로는 안 돼요. 죽을 각오로."

"……."

"결선에 아홉 명이 올라가 있지만 우승 확률은 9분의 1이 아니에요."

"예?"

민규가 고개를 들었다. 아홉 명이 출전하는데 확률이 9분의 1이 아니라니?

"사회잖아요? 사회라는 정글에는 갑과 을, 혹은 관행이거나 홈그라운드의 이점이라는 적폐가 있어요. 그 정도는 알고 있죠?"

"흔히 말하는 주최 측의 농간 말인가요?"

"맞아요."

"하지만 요리는 정직하잖아요?"

"정직한 요리라고 해서 그 맛을 심사하는 사람들의 마음까지 정직하라는 법은 없죠. 안 그래요?"

"······!"

"그것까지 넘어야 해요. 그 누구도 넘볼 수 없는 맛!"

"······."

"내 말 명심하세요."

"예. 알겠습니다."

"아, 그런데······."

돌아서던 지점장이 말꼬리를 붙였다.

"혹시 방송국에 아는 사람 있어요?"

"아뇨? 왜요?"

"아닙니다. 카메라가 유독 이민규 씨를 많이 잡는 것 같길래······."

지점장의 조언은 거기까지였다.

"정직한 요리라고 해서 그 맛을 심사하는 사람들의 마음까지 정직하지는 않아요."

그 말을 곱씹는 동안 지점장의 차가 멀어졌다.

여운은 길었다. 뭘 말하려는지 알 것 같았다. 사회에는 적폐가 있다. 소위 잘못된 관행이다. 미인 대회는 물론이고 문학상 같은 곳에도 비리가 있다고 했다. 특정한 심사 위원들이 특정한 후보를 민다는 식이었다. 그렇기에 어떤 분야의 상은 그곳을 장악한 패밀리가 아니면 수상이 힘들었고 심하면 돌아가며 먹는 식으로 운영되기도 했다.

지점장은 예심 심사 위원에 회장과 안면이 있는 사이. 그렇다면 아주 없는 말은 아닐 것 같았다.

'적폐⋯⋯.'

민규도 그 단어 앞에서 발가벗겨질 때가 있었고 농락을 당한 적도 많았다. 그러나 인간의 원초적인 맛을 다루는 요리 대회에서는 그런 일이 있으리라고 생각하지 않았다.

조금 착잡하지만 의기소침하지 않았다. 어차피 공으로 먹으려고 나온 요리 대회가 아니었다. 오늘만 해도 민규는 수차례 위기를 넘겼다. 민규에게 허용된 세 전생의 존엄들. 따지고 보면 그 존엄을 100% 발휘하고 있는 것도 아니었다.

'까짓것. 적폐든 나발이든.'

편하게 받아들였다. 어제보다 나아진 오늘이었다. 오늘보다 내일은 더 나아질 민규였다. 그렇다면 그 어떤 조건이 닥치더라도 헤쳐 나갈 자신이 있었다.

"형!"

종규가 다가왔다.

"결선 먹었다!"

민규가 손을 내밀었다. 종규가 허공을 가르며 짝 소리를 만들었다.

"으아아, 우리 형. 진짜⋯⋯."

그대로 민규 품을 파고드는 종규.

"야야, 떨어져라. 간장 쫄아드는 냄새가 등천을 한다."

"냄새?"

"스탠드에서 쪼는 거 다 봤다."

"그럼 안 쫄게 생겼어? 월드컵이나 한국 시리즈도 아니고 요리 보면서 조마조마하기는 처음이라고."

"실은 나도 그랬다."

민규가 이실직고를 했다.

"하여간 굉장했어. 결선 진출 세 명에 뽑히다니."

"이제 시작이다. 좋아할 거 없어."

"알았어. 닥치고 대상!"

이번에는 종규가 손바닥을 대주었다. 민규의 손이 허공을 가르며 상쾌한 마찰음을 만들었다.

짝!

"원 모어."

종규가 소리쳤다.

짜악!

소리는 거푸 청명했다.

3. 바늘구멍을 뚫다

"뭐냐?"

천천히 달리는 오토바이에서 민규가 물었다. 종규가 조작하는 핸드폰 때문이었다.

"어? 문 선수."

"문정아가 왜?"

"약수 다 마셨다고 더 안 되냐고 묻는데?"

"그럼 오라고 해라. 약선요리도 먹이고……."

"대회 기간 동안은 쉬기로 했잖아?"

"대회 기간에는 밥 안 먹냐?"

"그건 그렇지만……."

"연습이다. 실전만 한 연습이 어디 있겠냐?"

"알았어. 문 선수가 좋아하겠네?"

종규가 반색을 했다.

민규의 말은 빈말이 아니었다. 내일 하루 쉬고 모레 결선. 과제가 정해진 것도 아니너 딱히 연습할 요리도 마땅치 않았다. 그럴 바에야 실전이 나았다.

"와아!"

요리가 나왔다. 문정아의 입에서 감탄이 절로 나왔다.

"으음, 이 냄새⋯⋯."

눈을 감고 음미한다. 몸이 먼저 반응을 한다. 민규의 약선이 적중하고 있다는 반증이었다.

"냄새 어때요?"

민규가 물었다.

"푸근해요. 이런 표현은 좀 그렇지만 엄마 품에서 젖 냄새 맡는 기분이랄까요? 자극적이지 않으면서 본성을 자극하는 요리?"

"배구 선수치고는 표현이 대박인데요?"

"제가요, 원래는 시인이 꿈이었어요. 그런데 담임이 시인보다 배구를 더 잘할 것 같다고 시인은 나중에 하라지 뭐예요. 배구는 지금이 아니면 할 수 없다나?"

문정아가 요리를 먹기 시작했다. 껑충한 키 때문에 그릇과 입 사이가 멀었다. 하지만 그것 덕분에 오히려 약선요리가 부각되어 보였다. 문정아의 상지수창은 어제와 비슷했다. 운동으로 단련된 몸이기에 폐를 차고앉은 질병도 더 오래 버티는 것 같았다.

"아, 행복해."

수저를 내려놓은 문정아가 담백한 미소를 지었다.

"행복해야죠. 우리 형이 특별히 허락한 만찬인데."

나비를 어르던 종규가 끼어들었다.

"알아요. 그래서 내가 선물 하나 준비했어요."

문정아가 메고 온 가방을 열었다. 안에서 나온 건 배구공이었다.

"우리 팀에 국가 대표가 많거든요. 이효리 선수, 박정하 선수, 배윤아 선수… 사인 볼이에요."

문정아가 배구공을 내밀었다. 공을 받아 든 민규, 가만히 사인을 바라보았다.

"마음에 안 드세요? 그럼 배구여제 김현경 선수 사인 받아다 줄까요? 다음 달에 한국 오면 우리 팀에 놀러온다고 했는데……."

"아뇨. 꼭 필요한 사인이 빠져서요."

"누구요? 말만 하세요."

"문정아 선수."

"저요?"

"사인하세요. 내일의 국대 문정아라고."

"나는 아직 사인 없는데……."

"그럼 지금 만들어요."

"알았어요. 까짓것."

"쓰는 김에 이 말도 넣어줘요. 이민규 셰프 우승 예약!"

종규가 끼어들었다.

"어? 우리 셰프님 요리 대회 나가요?"

문정아가 종규를 바라보았다.

"이미 나갔어요. 식치방 약선요리 대회에서 결선에 진출했다고요."

"어머, 식치방요?"

문정아가 반응을 했다.

"알아요?"

"우리 단장님의 형님이 거기 상무이사님이세요. 그래서 가끔 약선요리도 공짜로 가져다 먹는 걸요."

"우와, 그럼 우리 형 좀 잘 봐달라고 하세요."

"야!"

민규가 종규를 제지했다.

"그보다……."

문정아가 말꼬리를 흐렸다.

"왜요?"

종규가 물었다.

"얼마 전에 들은 말인데… 그 대회는 우승자가 내정되어 있다고……."

"……!"

흘려듣던 민규가 파뜩 고개를 들었다.

"무슨 말이죠?"

"그냥 들은 말이에요. 간간이 그런 일이 있었는데 올해는 회장이 미는 사람이 따로 있다고……."

"진짜입니까?"

종규가 울상이 되었다.

"잘은 몰라요. 우리도 약선요리 얻어먹던 중에 들은 얘기라서……."

"아, 그럼 완전 사기네? 다른 사람은 다 들러리야 뭐야?"

종규 핏대 게이지가 확 높아졌다.

"아닐 수도 있어요. 게다가 우리 셰프님 약선요리는 거의 마법 수준이니까……."

"위로 안 해도 돼요. 그런다고 쫄 내가 아니거든요."

민규가 웃었다. 어쩌면 이미 지점장에게서 신호를 받은 말. 두 번 놀랄 필요는 없었다.

"형."

늦은 밤, 옛 요리서를 보는 민규를 종규가 불렀다.

"또 왜?"

"이것 좀 봐. 유티비에 오늘 요리 대회 영상이 올라왔어."

종규가 화면을 가리켰다. 제3대회장이었다. 민규의 모습이 보였다.

"그리고 이런 것도……."

이번에는 댓글이었다.

—우승상금 1억, 쩐다. ㅅㅂ.

—쩔기는 그래봤자 그림의 떡. 이런 대회는 우승자가 다 내정되어 있음.

—우승자는 회장의 숨겨놓은 딸?

—내연이랑 호주에 요리 유학 보내놨다가 데려온 아들이라는 설도 있음.

—자기 병 고쳐준 사찰 출신 요리사라는 말도…….

—그거 모르고 참가한 사람들은 단체 들러리?

"다른 대회장 영상도 볼까?"

종규가 화제를 돌렸다.

"놔둬라. 그걸 언제 다 보냐?"

"그런데……."

종규가 울상을 지었다.

"왜?"

"아무래도 문 선수 말이 사실 아닐까?"

"그래서 뭐?"

"형……."

"그럼 누가 나한테 얼씨구나 너 먹어라 하고 대상 안겨줄 줄 알았냐?"

"그건 아니지만……."

"너 솔직히 니 병 나을 줄 알았냐, 몰랐냐?"

"솔직히 말하면 후자지."

"결과는?"

"나았지."

"니 불치병 낫는 게 쉽겠냐, 내가 이 대회에서 우승하는 게 쉽겠냐?"

"형."

"걱정 마라. 솔직히 내정자가 있는지 없는지는 모르지만 만약에 있다면 그 내정자는 운발 겁나게 없는 거다. 왠 줄 알아?"

"……."

"하필이면 내가 출전했으니까."

"형."

"환자는 자라. 이런 거에 너무 신경 쓰지 말고."

민규가 컴퓨터를 종료시켰다. 두고두고 곱씹을 필요 없는 고민이었다.

잠시 밖으로 나왔다. 옥상 주변의 야경이 밝아 있었다. 옥탑의 호사였다. 야경과 함께 별빛도 쏟아졌다. 별빛들… 저 빛은 지금 나오는 빛이 아니었다. 몇만 년 전, 혹은 몇십만 년 전 별에서 출발한 별빛. 민규를 내리쬐는 별빛에는 이윤과 권필, 정진도의 시선이 담겼을지도 몰랐다.

식의(食醫)와 대령숙수.

결코 만만한 일이 아니었다. 특히나 식의라면 목숨을 걸고 임해야 했다. 지난밤에 올린 약선을 먹고 왕이 탈이 나면, 왕자가 탈이 나면… 아침을 보지 못할 수도 있었다. 그런 긴장과 절박함에 비하면 이건 깜냥도 아니었다.

손에 든 생수를 정화수로 바꾸어 단숨에 들이켰다. 머리가 밝아졌다. 손안의 초자연수를 보았다. 하나도 아니고 무려 33가지 물. 합치고 나누면 더 많은 효험을 볼 수 있는 마법의 물…….

초자연수 VS 내정자.

정통 약선 VS 주최 측 농간.

누가 셀까?

민규 가슴에 후끈 승부욕이 타올랐다. 관행이라는 이름으로 자행되는 적폐들. 그 못된 관행에 물벼락 한번 제대로 먹일 생각이었다.

*　　　　*　　　　*

달그락!

결선 대회의 날 아침, 민규 귀가 쫑긋 세워졌다. 조리대에서
나는 소리 때문이었다. 물이라도 틀어놓고 잔 걸까? 가만히 눈
을 떴다.

"……!"

상체를 세운 민규가 그대로 얼어붙었다. 종규였다. 어울리지
도 않는 앞치마를 두르고 뭔가를 하고 있었다.

"뭐 하냐?"

민규가 침대에서 내려와 고개를 들이밀었다.

"깜짝이야."

집중하던 종규가 움찔 물러섰다.

"뭐야? 요리?"

"헤헷, 알았으면 가서서 출정 준비나 하세요."

"니가 밥한 거야?"

가스레인지를 바라보았다. 보글보글 바지락국이 끓고 있었다.

"응."

종규가 천연덕스럽게 대답했다.

"야, 니가 왜?"

"밥은 요리사만 하라는 법 있어? 내가 방송에서 봤는데 개그
맨들은 집에 가서 안 웃긴다더라. 식당 조리사들도 집에서는 손

도 까닥 안 하는 사람 많고."

"웬 궤변?"

"아, 진짜… 그냥 내가 형 밥 한번 해주고 싶었어. 왜? 형보다 맛없게 해서 안 돼?"

"야, 누가 그렇대?"

"그럼 빨리 출정 준비. 원래 큰일 할 때는 목욕재계하고 정숙하게 임하는 거랍니다. 그런데 칼질에 고춧가루 팍팍 뿌리는 요리해서야 되겠어?"

"말은……."

"빨리 씻어. 내가 욕조에 물도 받아놨어."

종규가 등을 밀었다.

"어때?"

샤워를 마친 후의 식탁, 고개를 자라만큼이나 빼 든 종규가 물었다. 앞치마는 아직도 목과 허리에 두른 채였다.

"꿀맛이다."

"진짜?"

"오냐. 아주 감동이 쓰나미로 밀려오는데?"

"으음, 그럼 내친김에 내가 형 대신 출전?"

"죽을래?"

"맛 괜찮아?"

"그래. 하지만 밥물은 인심을 너무 썼다. 이게 뭐냐? 장화 신고 들어가야겠네."

"헤헷, 된밥은 소화가 잘 안 된다면서?"

"둘러대기는… 그래도 바지락국은 제대로 끓였네. 해감도 잘

됐고… 여기서 더 끓이면 바지락살이 질겨져서 맛이 없어."

"흐음, 나도 서당 개 삼 년 풍월 등급은 되거든."

"개가 뭐냐? 넌 내 동생이야."

"형."

"응?"

"좋은 꿈 꿨어?"

"얌마, 꿈꾸면 깊은잠 못 자. 그리고 꿈이 요리하냐?"

"내가 좋은 꿈 꿨는데 살래?"

"진짜냐?"

"응."

"얼마에?"

"오만 원만 줘."

"알았다."

민규가 지갑을 열었다. 종규가 선물한 그 지갑이었다. 제일 빳빳한 지폐로 꺼내주었다. 사실 꿈 같은 건 상관없었다. 말려도 따라올 종규. 그렇기에 마음 편히 지켜보라는 배려였다.

"뭬, 잡귀는 물러가고 농간도 물러가라. 대상은 약선도사 이민규 셰프의 것!"

돈에 침을 뱉은 종규, 그걸 제 이마에 붙이고 웃었다. 이건 또 어디서 카피한 짓일까? 선무당 같은 모습이 재미나 민규도 웃었다.

출정!

옥탑문을 닫는 것과 함께 시작되었다.

"오빠!"

오토바이 앞에는 상아가 있었다. 주인아줌마도 함께였다.

"이거!"

상아가 탐스러운 장미 한 송이를 내밀었다.

"뭐야?"

"오빠 우승하라고. 요리 대회 나갔다며?"

"오, 땡큐!"

"민규 총각은 잘할 거야. 우리 상아 병도 고쳐준 실력인데……"

아줌마도 격려를 보태주었다. 꽃은 오토바이에 꽂았다. 어디선가 날아온 노랑나비가 꽃에 내려앉았다. 종규의 소행이다.

"거봐. 내 길몽 사니까 시작부터 다르지?"

파이버를 쓴 종규 어깨에 힘이 들어갔다. 보아하니 오늘은 운전도 종규 몫이었다.

"알았으니까 안전 운전이나 하시죠."

민규도 파이버를 눌러썼다.

바룽!

오토바이 마후라가 시원한 숨을 토해냈다.

"오빠, 파이팅."

멀어지는 상아가 두 손을 흔들었다.

'건식증력, 몸을 강하게 하고 힘을 길러주는 약선. 익기건비, 거담제습하여 비만을 개선. 건뇌익지, 머리가 맑아지는 약선. 미용양안, 얼굴이 고와지는 약선. 양간명목, 시력을 좋게 만드는 약선……'

종규 뒤에서 주문을 외웠다. 약선요리의 기본들이었다. 마침내 결선 대회. 대회장이 가까워질 때까지 민규의 주문은 쉬지 않았다.

감자는 녹두 속에 보관하면 싱싱함을 잃지 않는다.
가지는 화로 재에 넣어두면 봄이 와도 제철처럼 보관된다.
물에 잠기는 참외는 좋지 않으니 먹지 말 것……

끼익!
오토바이가 대회장에 닿았다. 식치방 본사였다.
"대기실은 이쪽입니다."
진행 요원 한 사람이 민규를 안내했다.
딸깍!
얌전히 문을 열고 들어섰다.
"어!"
안에서 벼락처럼 반응하는 사람이 있었다. 식의감의 출장 셰
프 마백동이었다.
"이민규!"
"결선에 오르셨군요?"
"자네도?"
"예, 한번 참가해 봤는데 운 좋게……."
"허어, 몇 대회장이야?"
"3대회장입니다."
"거긴 수준이 좀 약했던 모양이군."
마백동이 중얼거렸다. 민규가 통과한 게 믿기지 않는 모양이
었다. 원래도 자기 자신을 요리의 신쯤으로 착각하는 인간. 웅수

하지 않고 대기실을 돌아보았다. 함세박과 변창주는 아직 오지 않았다. 현재까지 도착한 사람은 민규를 포함해 네 명이었다.

막 의자에 앉으려 할 때였다. 목에 힘을 주고 있던 마백동이 한 번 더 반응을 보였다.

"정 셰프!"

낯익은 얼굴의 등장에 민규의 시선도 돌아갔다. 그 역시 식의 감에서 일하던 정대발이었다.

"정 셰프도 참가한 거야?"

"예, 선배님."

정대발이 나지막이 답했다. 민규도 다가가 인사를 챙겼다.

"이야, 이 셰프도 나왔어?"

정대발의 호칭은 마백동과 달랐다. 그는 그나마 예의를 아는 사람이었다.

"정 셰프는 2대회장이었겠군?"

마백동이 끼어들었다.

"예. 겨우 살아남았습니다."

"다들 운 좋네. 1대회장 아니었던 걸 다행으로 알라고. 1대회 장은 진짜 고수들의 각축장이었거든."

"그렇겠죠."

대화하는 중에 문이 열렸다. 이번에는 네 명이 한꺼번에 들어 왔다. 함세박과 변창주도 그들 틈에 있었다.

"자, 잠깐 주목들 해주세요."

진행 요원이 박수를 치며 주의를 끌었다.

"다들 오셨나요? 일단 확인부터 하겠습니다. 제1대회장에서 오신 마백동, 진현국, 천규희 참가자님."

"예."

"예."

"여기 있습니다."

마백동에 이어 두 사람이 손을 들었다.

"다음은 2대회장의 제시카 리, 길혜자, 정대발 참가자님."

호명에 이어 대답이 나왔다. 2대회장에서는 여자가 둘이었다. 3대회장 생존자가 호명되면서 체크가 끝났다. 나중에 알았지만 호명은 성적순이었다. 그러니까 마백동이 1대회장의 톱이었고 2대회장은 제시카 리였다. 제시카 리는 외모와 표정부터 눈길을 끌었다. 늘씬한 몸매에 금빛으로 염색한 머리. 표정까지 밝아 뭇 사람의 시선을 끌었다. 처음에는 선글라스를 끼고 있어 참가자인 줄도 몰랐던 민규였다.

"일단 본선 진출을 축하드립니다. 오늘 진행 상황은 현장에서 말씀드리겠지만 중계방송이 있습니다. 엊그제 예선에도 방송사가 나왔지만 오늘은 아홉 분뿐이라 카메라가 자주 붙을지도 모릅니다. 그 점을 감안해 주시기 바랍니다."

"카메라 오면 더 좋지요. 진짜 셰프라면 그런 것도 즐겨야 하는 거 아닙니까?"

마백동이 힘을 주었다. 제1대회장의 톱을 먹어서 그런지 식의감 때보다 소리가 더 커진 것 같았다.

"시작 전에 대회장 현장부터 보여 드리겠습니다. 거기서 동선을 보시고 옷 갈아입으면 대회가 시작될 겁니다. 소지품 들고 저를 따라오시기 바랍니다."

진행 요원이 먼저 복도로 나갔다.

"다들 쟁쟁해 보이는데?"

민규 옆으로 다가선 함세박이 말했다.

"그렇죠?"

"저기 두 사람은 자네랑 아는 눈치고?"

"예, 전에 일하던 회사에서 같이……."

"다들 한가락씩 하게 생겼어. 오늘은 좀 긴장해야겠는걸."

그렇게 말하면서도 함세박은 여유로웠다.

"우와!"

대회장에 들어선 참가자들의 입이 쩌억 벌어졌다. 식치방의 조리 연구실은 예선전의 대회장과 차원이 달랐다. 조리대는 요리에 최적화되었고, 단상 쪽으로 대회 진행 본부와 심사 위원석, 좌측으로는 식재료와 조리 기구들, 우측은 가족과 지인석이 마련되어 있었다. 식재료 칸에는 긴 커튼이 내려와 있었다. 하지만 민규의 오감은 그 재료들을 알아차렸다.

'송이버섯……?'

다른 것보다 송이버섯이 크게 다가왔다. 송이를 주제로 한 요리까지 나올 모양이었다.

3—3—3.

조리대의 배치는 간단했다. 이름표가 없는 걸 보니 순번은 아직 정하지 않은 모양이었다.

"어떻습니까?"

진행 요원이 물었다.

"기가 막히는군요. 요리라는 게 원래 이런 데서 해야 제 실력이 나오는 법이지, 엊그제 대회장은 너무 형식적이라 실력을 제대로 발휘하기 어려웠어요."

이번 대답도 마백동이 먼저였다.

"너무 좋네요. 마치 유명한 셰프가 된 기분이에요."

길혜자가 조리대를 쓰다듬었다. 20대 후반의 그녀도 만만해 보이지 않았다.

"오늘 우승하시면 바로 유명한 셰프로 등극되는 거나 마찬가지입니다. 방송에도 나가고 차후에 국제 대회에도 파견할 테니까요."

"어휴, 우승은… 3등만 해도 좋겠네요."

겸양의 주인공은 정대발이었다.

"보셨으면 이제 탈의실로 이동하시죠. 거기서 차나 한잔하시고 숨 돌린 후에 요리복 입고 나오시면 됩니다."

진행 요원이 길을 안내했다. 뒤에서 따라가던 함세박이 잠시 걸음을 멈췄다.

"흐음, 비싼 재료도 나오는 모양인데?"

그의 코가 벌름거렸다. 송이버섯을 알아차린 눈치였다.

아홉 명의 출전자들.

요리복을 입으니 포스가 제대로 나왔다. 미슐랭 별을 달고 있는 레스토랑의 셰프가 따로 없었다.

"이봐. 젊은 친구."

탈의실 한편에서 함세박이 민규 옆구리를 찔렀다.

"예?"

"자넨 아니겠지?"

"예?"

"소문 못 들었나? 이번 대회 우승자가 내정되어 있다는……."

"……?"

"누굴까? 여자라는 소문도 있고 남자라는 소문도 있으니… 제시카 리? 진현국? 아니면 반전으로 자네?"

"그냥 소문이겠죠. 요즘 같은 세상에……."

"내가 경험으로 아는데 사람 사는 세상에 절대 정의는 없어. 가진 자는 언제든 판을 조율할 수 있는 거지. 물론 나는 그런데 구애받지 않을 거지만."

"……."

"아무튼 잘해보라고. 어차피 큰 대회 우승은 하늘의 뜻이 반이니까."

함세박은 여전히 느긋했다.

'내정자…….'

이렇게 보니 넷을 빼고는 다 내정자처럼 보였다. 넷은 민규와 함세박, 마백동과 정대발이었다.

'새로울 것도 없지.'

신경은 살포시 꺼놓았다. 다행히 용의선상에 올려둔 다섯도 신(神)은 아니었다.

*   *   *

[지금부터 제22회 식치방 약선요리 대회 결선을 시작합니다.]

진행자의 개회 선언이 나왔다. 예선과 달리 유명한 프리랜서

아나운서의 등장이었다. 케이블 방송의 카메라 때문인지 조명도 낮처럼 밝았다.

[1번 참가자 마백동입니다.]

선언과 함께 한쪽 문이 열렸다. 부드러운 드라이아이스 안개를 헤치고 마백동이 나왔다. 예선과는 달리 목 스카프가 허용되었다. 그는 정열의 붉은색을 단정하게 매고 당당하게 입장을 했다.

[2번 참가자 진현국을 모십니다.]

다시 드라이아이스가 몸서리를 쳤다. 그걸 밟고 나온 건 20대 중반의 진현국. 그는 푸른 스카프를 둘렀다. 이어 중년의 천규희가 등장하고 제시카 리가 나왔다. 그녀의 등장은 모델을 방불케 만들었다. 늘씬한 자태와 환한 미소는 요리복조차 패션으로 만들 정도였다.

[7번 참가자, 이번 대회 최고령자로 돌풍을 일으키고 있는 함세박입니다.]

진행자 목소리가 높아졌다. 함세박은 유유히 등장했다. 드라이아이스 장막을 걸어 나와 인사를 하는 모습도 여유가 넘쳤다. 마침내 마지막, 민규의 차례가 되었다.

[오늘의 마지막, 이민규 참가자를 소개합니다!]

마무리 멘트를 들으며 민규가 나왔다. 민규의 스카프는 단아한 자주색이었다.

"와아아!"

귓전에 종규 목소리가 들렸다. 종규가 일어나 박수를 치고 있었다.

그런데……

"와아!"

어린 목소리가 끼어 있다. 확인하니 상아였다. 주인아줌마도 보였다. 그리고⋯ 문정아와 재희도 있었다.

'종규 녀석……'

민규가 웃었다. 종규의 작당이 틀림없었다.

"오빠, 파이팅!"

상아가 두 손을 모아 외쳤다. 민규가 손을 들어 답례를 했다. 무려 다섯 명의 응원단. 민규에게는 수만 명에 버금가는 든든함이었다.

아홉 생존자들.

강단 앞에 도열했다. 새 조리복에 단정한 모자와 스카프 차림. 카메라 조명까지 요란하니 마치 국가 대표 셰프라도 된 것 같았다.

[이어서 오늘의 심사인단을 소개합니다.]

진행자가 심사석으로 올라갔다. 심사석은 두 줄이었다. 앞줄의 세 사람이 본 심사단, 그 뒤로 도열한 아홉 명은 예선 심사위원 중에서 일부가 참관인으로 자리를 하고 있었다.

[먼저 궁중요리 전문가 나혜선 선생님입니다.]

소개와 함께 단아한 한복의 여자가 일어섰다. 고동색 고름을 맨 여자의 나이는 70줄이었다. 그녀는 궁중요리계의 독보적인 존재. 정부의 한식 세계화 사업에서도 자문을 맡을 정도로 실력과 이론을 겸비한 사람이었다.

[다음은 사찰요리의 지존으로 불리는 신라리조트 총주방장 이

한세 셰프님이십니다.]

멘트를 따라 이한세가 일어섰다. 40대 후반으로 한국 한식요리의 대표자. 부산에서 미슐랭 별 두 개짜리 레스토랑을 하다가 한국 최고의 호텔로 불리는 신라리조트의 파격적인 부사장 직급 스카우트에 응해 호텔 요리 문화를 선도하는 거물이었다.

"젠장, 어마무시하네."

민규 옆에 선 함세박이 중얼거렸다.

"그러게요. 이거 떨려서 요리하겠어요?"

정대발도 한마디를 거들었다.

하지만, 여기까지는 예고편에 불과했다. 아직 남은 한 사람, 금발에 벽안의 눈을 가진 외국인. 그가 소개되는 순간 가족석과 참가자들이 동시에 휘청거렸다.

[이번에는 아주 특별한 미각을 가지고 계신 분입니다. 우리 식치방이 추구하는 새로운 맛과 새로운 셰프의 등장을 지켜보기 위해 파리에서 날아오셨습니다. 세계 미식가 협회를 주도하며 각국의 미식을 분해해 진정한 맛의 세계를 탐미하는 미식의 현미경, 루이스 번하드 심사 위원장입니다.]

"……!"

참가자들의 숨이 멈췄다.

루이스 번하드.

미식의 끝판왕이다. 요리에 들어간 후추 한 알, 심지어는 그게 백후추인지 흑후추인지조차 감별해 낸다는 미식 현미경. 요리에 들어간 요리사의 숨결까지 읽어낸다는 일화를 가진 전설이 심사 위원장 자격으로 참가한 것이다.

짝짝짝!

참가자들은 넋을 놓은 채 박수를 쳤다. 세 심사 위원이 단상에서 내려와 참가자들과 악수를 했다.

"새로운 맛을 기대합니다."

"긴장하지 마시고 실력을 발휘해 주세요."

심사 위원들은 밝은 분위기부터 조성했다. 나혜선이 지나가고 이한세가 지나갔다. 참고 삼아 상지수창을 체크했다. 나혜선은 金형이고 이한세는 水형이었다.

그리고, 마지막으로 루이스 번하드, 유럽의 미식왕으로 불리는 그가 민규 앞에 섰다.

"리 셰프."

그가 손을 내밀었다. 민규가 악수에 응했다. 무의식적으로 그의 상지수창을 보게 되었다. 火형이었다. 식은땀이 많으니 재확인할 것도 없었다.

화―수―금.

수극화(水剋火)요 화극금(火克金)이다. 상생하는 체질들이 아니었으니 셋의 기호는 제각각. 딱히 체질을 고려하는 처방은 없어도 될 일이었다.

"주특기가 무엇인가요?"

"주특기를 묻고 계십니다."

루이스에게 딸린 여자 통역사가 민규를 바라보았다.

"물입니다."

"주특기가 워터? 재미난 대답이군요."

루이스는 손수건으로 이마를 닦으며 돌아섰다.

나혜선, 이한세, 루이스 번하드……

참가자들은 세 심사 위원에게서 눈을 떼지 못했다.

"우리 운명이 저들 손에 달렸군."

함세박이 웅얼거렸다. 민규는 그 말에 동의하지 않았다.

'우리 운명은 우리 손에 달린 겁니다.'

각오와 함께 개회 선언이 되었다. 개회사는 식치방의 회장이 맡았다. 총수의 이례적인 등장이었다. 그것은 이번 대회가 가지는 각별함의 강조였다. 식치방은 약선요리의 세계화를 꿈꾸고 있었다. 국내와 동남아 일부의 한계를 벗어나 새로운 시장을 열려는 것이다. 그 시작은 중국과 미국으로 알려졌다. 메이저 시장을 확보한 후에 그 탄력으로 오대양 육대주로 진출하려는 포부였다. 그렇기에 귀빈석에는 중국 요리계의 거물들과 뉴욕 요리계의 거물들도 보였다.

[제22회 식치방 약선요리 대회, 결선 대회를 시작합니다!]

결선 선언이 떨어졌다.

운명의 날.

마침내 봉인이 열렸다.

참가자들은 지정 조리대 앞에 도열했다. 왼쪽에서 시제가 등장했다. 진행 요원 넷이 태극기를 잡듯 가지런히 걸어와 단상 아래에 멈췄다.

[결선 대회 제1시제를 공개합니다. 제1시제는……]

진행자가 봉투를 열었다. 시제가 화면에 잡혔다.

Copy.

영어로 네 글자가 나왔다.

[제1시제는 요리 카피입니다. 여기 샘플로 나온 요리를 보시고 똑같이 만들어주시면 됩니다. 제한 시간은 2시간이며 샘플로 나온 요리의 육수 시식은 허용하되 요리는 개방하지 않습니다. 즉, 여러분은 국물 맛과 냄새만으로 판단하시고 요리해야 합니다. 단 이 요리는 퓨전이 아니라 기존에 존재하는 전통요리의 하나임을 알려드립니다.]

진행자의 선언과 함께 전광판의 시계가 움직이기 시작했다.

00:01.

00:02.

대회는 이미 시작이었다.

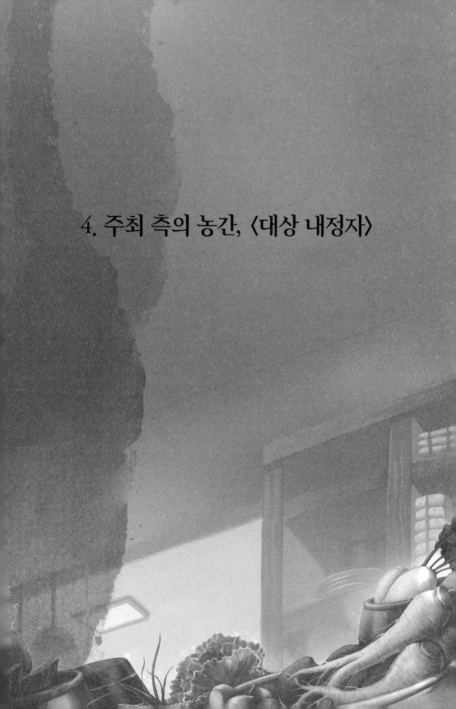

4. 주최 측의 농간, 〈대상 내정자〉

　마백동이 먼저 뛰었다. 다른 참가자들도 넋을 수습하고 그 뒤를 따랐다. 참가자들은 샘플 요리의 카터를 따라 둘러섰다. 요리는 두툼한 커튼에 가려 실루엣만 보였다. 그릇은 접시가 아니었다.

　"으아, 미치겠네. 보여주지도 않고 카피하라니……."

　"그러게요. 우리 눈이 무슨 투시경도 아니고……."

　참가자들이 고민하는 사이에 민규는 육수부터 맛보았다. 시간이 경과할수록 맛이 변할 수 있는 까닭이었다. 그건 민규만의 생각이 아니었다. 천규희도 그랬고 변창주와 제시카 리도 그랬다.

　'흐음…….'

　향부터 맡았다. 육수에는 재료의 향이 깃들어 있다. 그걸 알아야 했다. 단 하나도 놓치지 말아야 했다.

'송이버섯……'

첫 향의 주인공은 송이였다. 송이는 향이 강하다. 그렇기에 요리사라면 누구든 알 수 있었다. 그러나 그게 또 비극이었다. 강한 송이 향 때문에 다른 향들이 눌렸다.

'소고기… 해삼… 전복……'

송이 향 뒤에 숨은 향을 몇 개 더 찾아냈다. 소고기는 어렵지 않았다. 해삼 역시 짭짤하면서도 개운한 바다 맛을 감지하니 전복 향까지 파악이 되었다.

'표고버섯과 된장……'

거기까지는 진격했다. 하지만 남은 재료는 쉽게 떠오르지 않았다. 식재료 본래의 향이 여러 맛에 섞이면서 흩어져 버린 것이다.

과연 2억짜리 대회.

무엇 하나 만만한 시제가 없었다.

육수 종지를 든 채 샘플을 보았다. 그릇은 뚝배기 아니면 두툼한 질그릇으로 보였다. 두툼하면 탕이나 국이다. 그래야 온기가 오래가기 때문이었다. 자세히 보니 그릇 위로 봉긋 올라온 볼륨감이 보였다.

샘플과 육수……

육수와 샘플……

번갈아 보지만 안에 들어간 채소는 명쾌하지 않았다. 다시 육수 맛을 보았다. 육수는 북엇국처럼 담박하면서도 칼칼했다. 그렇다면 황태도 들어간 것인가? 다시 뒷맛을 음미했다. 바다 냄새가 있지만 북어 쪽은 아니었다.

[요리 파악에 5분 더 드리겠습니다. 5분입니다.]

진행자가 주의를 환기시켰다. 위로가 되지 않았다. 이건 시간으로 해결될 일이 아니었다. 명쾌한 해결책은 샘플을 가린 커튼을 걷어내는 것. 그것도 아니면 혼란에 휩싸인 머리에서 안개를 걷어내는 일.

'탕이냐, 갱이냐? 그도 아니면 조치냐?'

민규가 전생들의 정보를 더듬었다. 갱은 국의 옛말이다. 그 옛날, 국물이 많으면 탕이오, 건더기가 많으면 갱으로 불렀다. 조치 역시 어느 정도 국물이 딸린 볶음이었다.

해삼탕, 생선화양탕, 금중탕, 열구자탕, 승기악탕, 장사탕, 진주탕, 별잡탕…….

수많은 궁중요리를 짚어가던 민규의 기억이 한 단어에서 멈췄다.

잡탕!

레시피를 더듬었다.

'채소, 수조육류, 어패류, 곡류, 과일류…….'

과일이 나오면서 희망이 녹아내렸다. 과제로 나온 육수 맛에는 과일 맛이 없었다.

'그렇다면 고음?'

고음은 고기나 생선을 푹 삶아 우린 국을 일컫는다. 양, 전복, 진계, 홍합, 도가니, 우둔…….

'젠장!'

그것도 Stop이었다. 육수 맛과 갈래가 다른 재료가 많았다.

[2분 남았습니다. 파악이 끝난 사람은 조리대로 돌아가 요리에 임해주시기 바랍니다.]

진행자가 말했다. 다들 우왕좌왕할 때였다. 제시카 리가 먼저 조리대로 향했다. 진현국이 그 뒤를 이었다.

"뭐야? 저것들은 개코야?"

마백동의 말투는 사뭇 까칠했다. 당황스럽기는 민규도 다르지 않았다. 어느새 이 과제를 파악했단 말인가?

이제는 남은 육수도 한 모금뿐이었다.

'어쩐다?'

고민하는 사이에 주어진 시간이 되고 말았다.

[이제 자리로 돌아갑니다.]

진행자가 조리대를 가리켰다.

[식재료를 공개합니다.]

진행자가 식재료 쪽으로 옮겨갔다. 진행 요원 둘이 양쪽에서 줄을 당기자 칸막이가 열렸다.

"……!"

참가자들은 한 번 더 까무러쳤다. 식재료들… 5성급 최고급 호텔의 식자재를 방불케 하는 산해진미의 집합이었다.

[무엇을 쓰든 상관없습니다. 다만 한번 정한 식재료는 다른 재료로 바꿀 수 없습니다. 그럼 요리를 시작해 주십시오.]

"우와, 샥스핀도 있어."

"이건 캐비어잖아?"

"송이버섯 좀 봐. 갓이 핀 건 하나도 없이 죄다 특상품들이야."

"어어, 이건 푸아그라인데?"

"으아악, 송로버섯도……."

진행자의 멘트 뒤로 참가자들의 비명이 자지러졌다. 카메라는 그 광경까지 빠짐없이 찍어냈다. 그 와중에도 제시카 리는 활달하게 움직였다. 바구니에 식재료를 골라 담는 동작마다 애정이 넘쳐흘렀다. 그녀는 보란 듯이 자리로 돌아갔다. 진현국과 함세박, 마백동이 그 뒤를 이었다.

"쉽지 않을걸?"

마백동은 그냥 가지 않았다. 고민하는 민규에게 던진 말은 빈정에 다름 아니었다.

육수…….

민규 손에는 육수 종지가 아직도 들려 있었다. 아직도 한 모금이 남았다. 채소 앞에서 그걸 마저 마셨다. 입안에 육수의 향이 푸근하게 돌았다. 강한 맛을 넘기고 약한 맛을 붙들었다. 그걸 기억하며 채소를 집어 들었다. 배추였다. 끝을 조금 잘라 맛을 보았다.

"……!"

육수의 맛과 일치하는 지점이 있었다. 민규 머리카락이 쭈뼛 올라갔다. 재빨리 콩나물을 집었다. 투명한 끝을 물자 안개가 시원하게 걷혀 나갔다.

'효종갱…….'

벼락처럼 떠오른 영감을 붙들어둔 채 재료를 재구성했다.

효종갱(曉鐘羹).

이름도 생소하지만 요리사에 한 획을 긋는 요리였다. 바로 배

달 음식의 효시라고 알려지기 때문이었다. 효종갱을 파자하면 새벽 효, 종 종, 국 갱으로 나온다. 옛날 경기도 광주 남한산성의 명물 음식이다. 각종 재료를 넣고 푹 끓여낸 국. 저녁에 항아리에 담아 솜으로 겹겹을 두른 후에 한양으로 보내면 새벽종이 울릴 때쯤 주문한 양반들의 집에 도착한다. 이때까지 국 항아리가 따뜻해 해장으로 그만인 요리가 바로 효종갱이었다.

'송이버섯, 표고버섯, 소고기, 해삼, 전복, 배추, 콩나물, 된장······.'

육수 맛에 숨은 냄새에 효종갱의 식재료를 대비시켰다.

—배추속대, 콩나물, 송이버섯, 표고버섯, 소고기, 해삼, 전복.

"······!"

머릿속에 등대가 켜졌다. 시제로 나온 샘플은 효종갱이 틀림없었다. 그제야 민규가 식재료 사냥에 나섰다. 토양이 좋은 곳에서 자란 배추속대를 거두고 맑은 물로 키워낸 콩나물을 집었다. 송이버섯은 좋은 황송 밑에서 캔 걸 골라냈다. 향이 깊으면서도 묵직한 놈이었다.

다수의 참가자들도 송이 선택에는 신중했다. 하지만 민규는 표고버섯도 마찬가지로 공을 들였다.

'하품 버섯 선별법······.'

좌라락 정보가 떠올랐다.

버섯 털이 있는 것, 아래에 무늬가 없는 것, 삶아도 잘 익지 않는 것······.

이런 버섯은 해롭다. 독사나 독충이 닿았다는 흔적이니 맛을 버리기 십상이었다.

이제 남은 건 소고기와 전복, 해삼이었다.

전복은 9공라가 있지만 양식이었다. 내려놓고 10공라의 자연산을 집었다. 9공라가 최상품이지만 양식이라면 싱그러운 바다 맛을 기대할 수 없었다.

"전복은 9공라가 좋지 않나요?"

옆으로 다가온 나혜선이 푸근하게 물었다.

"맞습니다. 그런데 이 9공라는 양식이라서요."

"어떻게 구분하죠?"

"자연산은 껍데기에 따개비나 해초가 붙어 거칠고 색이 짙습니다. 반면 양식은 껍데기가 매끈하고 등에 푸른색을 띠고 있는 게 많죠."

"으음……."

나혜선은 가만히 고개를 끄덕거렸다.

마지막 고민은 소고기였다. 한 번 더 입맛을 다셨다. 입안에 남은 육수의 재음미였다. 그 맛향을 따라 선택을 했다. 민규가 집은 건 소갈비와 양지였다.

쏴아아!

물소리가 들렸다. 여기도 물, 저기도 물이었다. 송이버섯과 소고기를 파악 못할 참가자는 없었다. 게다가 육수가 있었으니 당연히 육수 만들기가 먼저였다. 그렇다면 핏물 제거가 우선이었다.

민규의 초자연수 1번 타자는 납설수였다.

톡!

납설수 납시오.

시제의 배경에 맞는 소리가 들리는 것 같았다.

차고 단맛의 납설수라면 핏물 제거에 독보적이었다. 찬물의 소용은 다른 참가자들도 알았다. 일부는 수돗물에 얼음을 띄워 온도를 낮춘 후에 소고기를 담그는 모습도 보였다. 역시 만만치 않았다.

딸깍!

육수냄비에 불을 당겼다. 원래 구해둔 육수 공식대로 지장수에 천리수, 요수의 혼합물을 부었다. 물이 끓어 넘칠 때 핏물 뺀 갈비와 양지를 넣었다. 한소끔 끓어오르자 건져낸 후에 남은 납설수로 씻었다. 그런 후에 다시 육수 냄비에 담았다.

딸깍!

불이 붙으면서 육수의 긴 여정이 시작되었다. 육수가 끓기 시작했다. 물과 소고기의 상태를 체크하며 화력을 낮췄다. 육즙이 제대로 우러나는 최적의 화력으로 세팅한 것이다.

저만치의 함세박은 된장과 청주의 배합물로 잡내를 없앴다. 전처리 후에 본격 불질에 착수했다. 그의 육수도 시간이 해결해 줄 일이었다.

제시카 리의 잡내 제거는 조금 독특했다. 그녀는 무를 갈아 첫 육수에 부었다. 청주도 부었다. 육수가 끓어오르자 뜰채로 무 입자를 건져냈다. 무에 결합된 찌꺼기와 피 거품을 걷어내는 방법이었다. 국물도 깔끔해지고 무의 시원함이 배일 터이니 나쁘지 않았다.

1차로 끓여낸 고기를 건져 찬물에 넣는다. 고기가 식을 때가 되자 다시 육수 통에 풍덩. 그녀의 불 조절은 매번 세기를 달리하고 있었다.

다닥다닥!

칼질 소리가 도마를 두드리기 시작했다. 제시된 샘플의 육수 맛은 깊었다. 원전 효종갱에 나오는 레시피는 하루 종일 육수를 우려내기 때문이었다. 그러나 주어진 시간은 고작 2시간. 원전과 같은 맛이 나오는 건 불가능하지만 근접이라도 하려면 적어도 1시간 이상은 끓여내야 했다.

화면에 참가자들 얼굴이 하나씩 잡히기 시작했다. 심사 위원들은 각개격파식으로 참가자들을 공략했다. 때로는 격려의 질문이었고 또 때로는 날 선 질문이었다.

가장 주목받는 사람은 역시 제시카 리였다. 그녀의 미모는 어느 각도에서나 돋보였다. 정말이지 미인 대회의 한 장면인 것 같았다.

"약선요리는 어디서 배웠어요?"

"주특기가 뭔가요?"

이국적인 그녀였기에 평범한 질문도 좋은 그림이 되었다. 다음은 함세박이었다. 노장인 그 또한 그림이 제대로 잡혔다. 칼질 하나, 채소 다듬는 손길 하나도 장인처럼 보였다. 진현국에 이어 마백동도 나왔다. 여전히 야심만만이었다.

"약선요리 연구를 많이 하셨다고요?"

질문은 이한세 입에서 나왔다.

"집안 대대로 약선요리 계보입니다. 여기 나온 것도 선친의 당부 때문입니다."

"선친도 약선요리사였습니까?"

"그분의 요리는 요리라기보다 그냥 자연의 일부였지요. 암에 걸려 투병하시다 돌아가셨는데 진작 비법을 전수받지 못해 아쉽습니다."

"이번 대회 목표는요?"

"최선을 다해 대상을 받고 싶습니다."

대상!

그의 얼굴이 클로즈업되고 있었다.

마침내 민규도 화면에 등장했다. 버섯을 씻고 있었다. 지장수를 소환해 잠깐 담가두었다가 건져냈다. 그런 다음 물기를 닦아 채반에 올려두었다.

"버섯은 흐르는 물에서 단시간에 씻는 게 더 좋을 텐데요?"

나혜선의 조언이었다.

"이 물은 특별한 물이라서요."

민규가 물그릇에 남은 지장수를 가리켰다.

"특별하다고요? 수돗물 아닌가요?"

"수도관에서 나왔지만 지장수입니다. 제가 염원을 담았거든요. 이 물은 지장수다. 채소들아, 본맛을 싱싱하게 피워내거라. 왜 콩나물도 사랑해 사랑해 하면서 물을 주면 맛나게 자라잖아요."

"염원이라… 하긴 요리도 염원의 한 과정이겠지요. 맛난 요리를 만들어내려는……."

"고맙습니다."

"그런데 버섯은 이대로 넣을 건가요?"

"아닙니다. 육수가 나오면 먹기 좋게 찢을 겁니다. 미리 찢어두면 버섯의 향이 날아가게 되니까요."

"그렇군요."

나혜선이 민규를 지나갔다.

한 시간.

그때까지 참가자들은 육수와 재료 손질에 전념했다. 한 시간이 지나자 슬슬 움직임이 바빠지기 시작했다. 하지만 민규와 몇은 1시간 20분이 되도록 육수만 관리하고 있었다.

"오빠, 숨 막혀."

가족석의 재희가 가슴을 쓸어내렸다.

"나도 그러네요. 요리가 이렇게 긴장되는 건 몰랐어요. 맛있는 냄새 폴폴 풍겨서 보기만 해도 행복할 줄 알았는데 마치 봄배구 결승전 보는 것 같아요."

문정아도 긴장을 감추지 못했다.

"그런데 큰오빠는 왜 아직 조용하지? 시제 파악을 못한 거 아니야? 식재료도 제일 늦게 고르고……."

재희가 걱정스레 말했다.

"아, 어떻게든 우리 셰프님이 최종 결선에 나가야 할 텐데……."

문정아의 목소리는 기도에 가까웠다.

'형……'

종규는 별말을 하지 않았다. 그저 주목이다. 마음으로 응원하는 것 외에는 별수가 없었다. 형이 가는 길이 바른 길이기를. 형이 하는 요리가 시제의 그 요리기를… 제발, 그렇기를…….

[1시간 30분 경과합니다. 남은 시간은 30분입니다.]

진행자가 주의를 환기시켰다. 참가자들의 손길이 박차를 가하기 시작했다. 하지만 그때까지도 민규는 물그릇만 만지고 있었다. 물그릇 안에는 해삼과 전복이 있었다. 그 물은 바닷물, 즉 벽해수였다.

"해삼과 전복… 손질하지 않고 넣을 건가요?"

이번 질문은 루이스 번하드였다. 간단한 영어라 통역이 필요하지 않아 바로 답해 버렸다. 변창주와 제시카 리는 원어민 수준의 영어 능통자들. 민규 또한 웬만한 의사 표현은 가능한 게 다행이었다.

"마지막 순간에 손질할 겁니다. 미리 손대면 애들이 겁을 먹어 맛이 없어지거든요."

"영어를 아시는군요? 그럼 이 물은 소금물?"

"예, 오염되지 않은 바다 한가운데의 물과 같은 물입니다."

"그래요?"

호기심이 돋은 루이스 번하드가 물을 찍어 맛을 보았다.

"오, 진짜 그럴듯하군요."

루이스 번하드가 웃었다.

[20분 남았습니다.]

진행자의 멘트가 이어졌다. 그제야 민규가 움직이기 시작했다. 해삼을 갈라 창자를 꺼내고 이빨을 뗐다. 전복 역시 솔로 빠르게 닦아낸 후에 내장과 이빨을 추려냈다. 초자연수 끓는 물에 배추속대를 넣었다. 그 옆 냄비에는 참기름과 함께 굵은 소금을 한 줌 넣었다. 물이 팔팔 끓을 때 콩나물을 투하하고 뚜껑을 덮었다. 아삭한 콩나물이 나오는 과정이었다.

육수 물을 끄고 갈비와 양지를 꺼냈다. 육수는 면보에 걸러 맑게 받아낸 후 토장을 풀었다. 손질해 둔 재료들이 그 뒤를 이었다. 발라낸 소갈비살, 삶아낸 배추속대, 해삼과 전복… 여기서 송이버섯과 표고버섯을 손으로 찢어 넣었다. 뚜껑을 덮어 향을 가두었다. 육수가 자글자글 끓기 시작했다. 재료들의 맛이 하나둘 섞이기 시작했다.

[5분 남았습니다. 마무리해 주십시오.]

진행자가 시간을 알려주었다. 참가자들은 세 부류로 나뉘었다. 이미 요리를 끝내고 유유자적한 마백동과 함세박, 제시카리. 마무리에 돌입하는 변창주와 길혜자, 이민규. 그리고 뭔가 만족스럽지 못한 듯 고뇌에 빠진 천규희, 정대발, 진현국……

민규의 마무리는 콩나물이었다. 뚜껑을 열고 아삭하게 익어 나온 콩나물을 둘렀다. 한 번 더 끓어오르자 육수 맛을 점검했다.

'오케이.'

혀가 맛을 알아보았다. 거기서 불을 끄고 잠시 기다렸다. 각 재료들의 맛이 충분하게 화합하기를 기다리는 것이다.

[1분 전입니다. 이제 요리를 제출해 주시기 바랍니다.]

멘트가 참가자들의 등을 밀었다. 민규는 준비한 뚝배기에 작품을 퍼 담았다. 마침내 효종갱의 완성이었다.

"……!"

작품을 제출한 참가자들의 표정은 대조적이었다. 심사대 위에 올려진 출품 요리는 세 종류였다.

1) 잡탕.

2) 고음.

3) 효종갱.

과연 어떤 메뉴가 시제에 부합하는 것일까?

잡탕은 천규희와 정대발의 작품이었다. 고음은 진현국의 작품. 나머지 여섯 명은 효종갱을 출품하고 있었다. 천규희와 정대발, 진현국의 얼굴이 사색으로 변했다. 효종갱을 보니 아차 싶은 모양이었다.

[각고의 정성 끝에 세 가지 요리가 나왔습니다. 이 중에서 과연 어떤 요리가 시제에 적합한 요리일까요?]

진행자가 긴장감을 끌어올렸다.

"효종갱이 뭐야?"

가족석의 상아가 종규를 바라보았다.

"옛날 해장국."

이미 검색을 끝낸 종규가 대답했다. 입은 대답하지만 시선은 심사대에 있었다. 한눈팔 때가 아니었다.

[결선 1차전, 시제로 나온 샘플 요리를 공개합니다.]

진행자의 말과 함께 찬조 출연한 여가수가 샘플의 막을 걷어냈다. 안에서 나온 건 효종갱이었다.

"아!"

"휴우!"

참가자들의 표정이 천당과 지옥으로 갈라섰다.

[제1시제는 효종갱입니다.]

진행자의 선언이 이어졌다. 시제를 맞추지 못한 세 참가자는 자연히 조리대로 돌아갔다. 멀지 않은 그 거리가 천 리는 되어 보였다.

"이 효종갱이라는 요리는……."

심사석의 나혜선이 요리에 대한 설명에 들어갔다. 화면 속 얼굴이 곱지만 참가자들의 눈에는 들어오지 않았다. 이제 남은 건 여섯 명. 셋은 다시 지옥으로 가야 하고 셋은 천국으로 가야 한다. 그 갈림길이었으니 숨조차 정상이 아니었다.

[그럼 심사 시작합니다.]

마침내 숙명의 순간이 도래했다. 심사 위원 셋이 요리 앞으로 나왔다. 시식의 시작은 마백동 작품이었다. 그가 1착으로 출품한 까닭이었다. 심사 위원들은 조용히 의견을 주고받았다. 마백동의 효종갱은 호평을 받았다. 특히 육수의 싱크로율이 100%에 가깝다는 평이 나왔다.

'유후!'

주먹을 쥐고 쾌재를 부르는 모습이 영상에도 잡혔다.

제시카 리의 요리에서는 반응이 달랐다. 흠잡을 데 없지만 너무 조심스러웠다는 평이 나왔다. 심사 위원들의 표정은 함세박의 요리에서 다시 활짝 펴졌다.

"효종갱의 원조가 이런 게 아닐까 싶습니다."

"짧은 시간에도 불구하고 샘플로 나왔던 요리보다 나은 것 같은데요?"

호평 위의 극찬이었다.

변창주와 길혜자에 이어 민규 차례가 되었다. 세 심사 위원은 요리의 외양을 보고 고개를 갸웃거렸다. 콩나물 때문이었다. 다른 재료에 비해 하찮은 콩나물. 그게 거슬리는 모양이었다. 이한세가 콩나물을 몇 가닥 집어 들었다.

아삭!

한입 깨물자 청량한 소리가 나왔다. 진행자가 놀랄 정도로 또렷했다.

"응?"

이한세가 한 번 더 깨물었다.

아삭!

소리는 더 커졌다. 이번에는 몇 가닥이 한꺼번에 씹힌 것이다. 지켜보던 나혜선과 루이스 번하드도 그 뒤를 따랐다.

아삭, 아삭, 아사삭!

소리는 연주처럼 맑게 울렸다.

"잠깐만요."

사람들의 관심 타이밍을 아는 진행자가 마이크를 들이댔다. 증폭된 소리는 차마 콩나물의 식감이 아니었다.

"굉장하네요. 제대로 익었으면서도 아삭한 느낌이 청량해요. 콩나물을 이렇게 삶아내는 사람은 드문데⋯ 지장수 염원의 기도가 먹힌 건가요?"

나혜선이 민규를 바라보았다.

"그런 것 같습니다."

민규의 답과 함께 육수 시식이 시작되었다.

"⋯⋯!"

제일 먼저 반응한 건 루이스 번하드였다. 그는 한동안 숨을 쉬지 않았다. 그러더니 샘플로 나온 효종갱의 육수를 떠 들었다.

"오, 마이 갓!"

그 입에서 탄식이 터져 나왔다.

"왜 그러시죠?"

진행자가 다가왔다.

"이 육수… 경이롭군요. 제시된 요리보다 한 수 위입니다. 특별한 식재료를 첨가한 것도 아닌 것 같았는데 어떻게 된 거죠?"

번하드가 민규를 바라보았다.

"거기도 물의 염원을 담았죠. 한국에는 신기한 물이 많거든요. 반천하수, 정화수, 지장수, 요수……."

"기도로 맛을 더했단 말입니까?"

"한국식으로 하면 정성이 되겠죠. 모든 정신과 정성을 거기 보탰습니다."

[정신일도하사불성?]

진행자의 추임새가 들어왔다.

"으음… 양지와 갈비의 조화의 경지라고 할까요? 그렇다고 해도 이렇게까지 정갈하고 시원한 맛은 내기 어려운데……."

맛을 본 이한세도 수긍을 했다. 나혜선도 그랬다.

"버섯의 맛과 향을 제대로 살렸군요. 송이에는 소나무가 통째로 들어 있는 것 같습니다."

"전복과 해삼도 그렇습니다. 바다 냄새가 그윽해요."

호평이 이어졌다. 심사단의 심사가 끝나자 옵저버들이 뒤를 이었다. 그들도 차례차례 효종갱을 맛보았다. 민규의 요리는 인기 만점이었다. 국물조차 남지 않았다. 옵저버들 속에서 지점장이 웃었다.

슬쩍 가족석을 돌아보았다. 방송 화면을 보고 있던 종규가 두 손을 흔들고 있었다. 이제 남은 건 결과 발표였다.

[마백동.]

진행자의 호명과 함께 마백동이 화면에 잡혔다.

[제시카 리.]

이번에는 제시카 리였다.

뒤를 이어 함세박과 변창주, 길혜자와 민규가 차례로 호명되며 카메라를 받았다.

[이제 제22회 식치방 약선요리 대회 3,266명의 치열한 경연을 뚫고 최종 결선에 진출할 세 명을 발표하겠습니다.]

진행자의 목소리가 높아졌다. 카메라는 여섯 참가자들을 바쁘게 비춰댔다.

"아, 씨… 뜸 좀 그만 들이지."

가족석의 종규가 한숨을 쉬었다. 다른 가족들도 애가 타기는 마찬가지였다.

[첫 번째 진출자!]

진행자가 여섯 참가자를 돌아보았다. 하지만 페이크였다. 그는 봉투를 개봉하는 대신 제시카 리에게 마이크를 내밀었다.

[누구누구가 진출할 것 같습니까?]

"글쎄요, 다들 막강하셔서……."

[본인은 진출할 것 같습니까?]

"최선을 다했을 뿐입니다."

[그럼 최연장자로서 어떻게 생각하십니까?]

마이크가 함세박에게 옮겨갔다.

"제시카 리는 올라갈 거 같습니다."

[이유가 뭐죠?]

"요리하는 모습이 더없이 곱더군요. 그것도 경쟁력이 될 수 있으니까요."

[그럼 본인은요?]

"제 목표는 대상입니다."

함세박은 주저하지 않았다. 마백동과 갈래는 다르지만 자신감만은 어깨를 겨루고도 남을 사람이었다.

[발표합니다. 첫 진출자는……]

진행자가 봉투를 열었다. 거기 쓰인 이름이 화면에 나왔다. 제시카 리였다.

"꺄악!"

제시카 리가 그 자리에서 펄쩍 뛰었다. 큰 눈망울에서 흘러나온 눈물은 벌써 두 볼을 흥건히 적시고 있었다.

[이어서 두 번째 진출자.]

다시 두 번째 봉투의 봉인이 풀렸다. 진행자는 뜸 들이지 않고 진행을 이어나갔다.

[변창주 참가자!]

"……!"

호명과 함께 참가자들의 표정에 경악이 흘렀다. 다크호스 정도로 보이던 변창주. 그가 한 자리를 차지한 것이다. 변창주는 두 주먹을 불끈 쥐며 기염을 토했다.

남은 건 네 명이었다.

마백동, 함세박, 길혜자, 그리고 민규…….

'그 말이 맞았나?'

문득 갈등이 생겼다. 잊고 있던 내정자라는 단어가 부활한 것이다. 제시카 리와 변창주. 제시카 리였을까? 아니, 변창주였을까? 그것도 아니면 세 번째 진출자?

잠시 황망한 순간, 진행자가 세 번째 봉투를 집어 들었다.

[마지막 결선 진출자를 발표합니다. 마지막 영예의 진출자는…….]

카메라가 바삐 움직였다. 마백동을 잡고 함세박을 클로즈업하고 길혜자와 민규까지 어지럽게 오갔다. 그리고, 마침내 진행자가 세 번째 봉투의 봉인을 풀어놓았다.

"우워어!"

"까아악!"

비명은 가족석에서 먼저 나왔다. 화면에 비친 이름 일부를 엿본 것이다.

"형!"

종규가 화면을 가리켰다. 펄펄 뛰고 있었다. 상아도 그랬고 엉덩이 빵빵한 주인아줌마도 그랬다. 그제야 민규가 시선을 돌렸다.

이민규.

화면 속에 민규 이름이 보였다. 다시 고개를 돌렸다. 진행자가 들고 있는 봉투에도 그 이름이 보였다.

[축하합니다. 마지막 진출자는 이민규 참가자입니다!]

진행자의 목소리가 실내를 흔들었다. 민규의 정신줄까지 쥐고 흔들었다. 그냥 되는 대로 흔들렸다. 꿈이 아니라면 얼마든지 흔들려 줄 용의가 있었다.

[그럼 잠시 휴식을 취하고 오후에 최종 결선을 시작하겠습니다. 수고하신 모든 참가자들에게 뜨거운 박수를 부탁합니다.]

진행자가 휴식을 알렸다.

짝짝짝!

박수 소리가 실내를 울렸다.

*　　　*　　　*

최종 결선.

전광판이 켜졌다.

으뜸상 상금 1억 원.

버금상 상금 5천만 원.

아차상 상금 2천만 원.

상금도 반짝거렸다.

최종전에 남은 세 사람의 면모도 나왔다. 변창주와 제시카 리, 그리고 민규였다. 재미난 사실은 제1대회장 참가자의 전멸이 었다. 휴식 시간, 마백동은 추한 만행을 저질렀다. 심사 결과에 빡센 이의를 제기한 것이다. 특히 민규의 진출에 불만이 많았다.

"그는 최고의 식재료를 골랐고 최고의 조화를 이루어냈습니다. 게다가 당신처럼 오만하지도 않았으니 심사 결과는 공정합니다."

사정 이야기를 들은 루이스 번하드가 일축하고 나섰다. 통역이 말을 전하자 한 번 더 강조를 하고 나왔다. 통역의 표정이 마음에 들지 않는 눈치였다.

그는 세계적으로도 정평이 난 미식가. 그를 자신의 요리 테이블에 앉히는 걸 영광으로 노래하던 마백동이었기에 더는 이의를 달지 못했다.

[그럼 올해 약선요리 대회의 피날레, 최종 결선을 시작합니다!]

진행자가 개회 선언을 했다. 화면에 예선전 스케치가 나왔다. 변창주가 보이고 제시카 리가 보였다. 민규의 시선이 그녀의 자료 화면에 닿았다. 예선부터 독주였다. 나오는 시제마다 시원하게 해치웠다. 승기악탕도 그렇고 삼미죽도 그랬다. 하지만 약간 의아한 점도 보였다.

'거침이 없다.'

민규의 고개가 갸웃 돌아갔다. 첫 시제는 쉽지 않았다. 두 번째도 그랬다. 하지만 그녀는 별 고민을 하지 않는 모습이었다. 더구나 외국에서 자란 사람. 아무리 제대로 공부를 했다고 해도 지나칠 정도로 자연스러운 모습은 마음에 걸렸다.

'내정자……'

그 단어가 제시카 리의 얼굴에 겹쳤다. 하지만 제시카 리의 얼굴은 회장의 얼굴과는 겹치지 않았다. 닮은 구석이 없는 것이다.

'스폰서?'

생각은 불손의 끝까지 달려갔다.

'설마……'

고개를 젓고 변창주를 보았다. 기계적으로 회장도 바라보았다. 이 얼굴도 겹치지 않았다. 얼굴도, 코도, 입술도…….

'응?'

무의식적으로 부분을 맞춰보던 민규의 시선이 회장의 귀에서 멈췄다. 귀였다.

'맙소사.'

숨이 멈췄다. 식치방 회장과 변창주의 귀… 꽃이 피다만 귀에 칼각이 선 윗부분까지 똑같았다. 기억의 필름을 바삐 되감았다. 예선전, 변창주는 함세박과 조를 먹었다. 큰 실수는 없었지만 노련한 맛도 없었다. 오전에도 그랬다. 그의 효종갱에 대한 반응은 뜨겁지 않았다. 그러나 결과는 최종 결선 진출이었다. 거기에 붙여 또 한 가지. 그 또한 언제나 주저가 없었다. 그 어떤 과제가 나와도…….

'내정자설이 사실이라면…….'

민규의 시선은 변창주에게서 오래 머물렀다.

점심시간, 화장실에서 우연이 겹쳤다. 심사 위원 이한세와 변창주였다. 방광을 비우기 위해 들렀던 화장실. 이한세가 변창주를 격려하고 있었다. 민규가 들어서자 둘은 다소 어색한 표정으로 나갔다. 어떻게 보면 별것도 아니지만 내정자에 연결하니 수상한 광경이었다.

두근!

'알고 보니 변창주?'

두근!

심장이 불규칙하게 뛰었다.

5. 기본의 존엄

　[지금까지 최종 결선 진출자들의 예선전 활약 모습을 돌아보았습니다. 이제 이 세 사람 중에서 올해 영광의 대상을 차지하는 셰프가 탄생하게 됩니다.]

　진행자의 목소리가 고조되고 있었다. 초대 여가수가 나왔다. 그녀의 히트곡을 불렀다.

　내 멋대로 살 거야
　하고 싶은 일 할 거야
　나 건드리지 마. 내 인생은 나의 것

　긴 가사 중에서 후렴구만 귀에 남았다.
　노래를 마친 초대 가수가 최종 과제를 전달받아 진행자에게 넘겨주었다.

[그럼 3,266명의 참가자 중에서 왕중왕, 우리나라 대한민국의 전통요리와 약선요리의 미래를 책임질 제22회 대회의 최종 결승전 시제를 공개합니다.]

숨 가쁜 음악과 함께 봉인이 풀렸다.

[최종 결선 과제는 약선에 입각한 자유 요리입니다.]

봉투에서 나온 시제가 클로즈업되었다.

자유 요리.

시원한 네 글자였다.

[제한 시간은 2시간입니다. 식재료의 제한은 없습니다. 무엇을 쓰든 상관없습니다만 단일 주제로 요리해야 합니다. 즉 단품 요리여야 한다는 겁니다. 이 요리는 오직 약선의 의의와 맛으로 평가합니다. 세 분, 대한민국 약선요리의 미래를 위해 요리해 주십시오.]

진행자의 시작 사인이 떨어졌다.

하지만!

아무도 움직이지 않았다. 1번 테이블의 제시카 리, 2번 테이블의 변창주, 3번 테이블의 민규. 셋은 모두 생각에 잠겨 있었다.

'변창주가 먼저 움직인다.'

민규의 마음이 변창주를 겨누었다. 그가 정말 '내정자'라면 그게 옳을 일이었다. 왜냐면, 그는 이 대회의 진행 방식을 모두 알고 있을 테니까. 따라서 모든 과정을 머리에 그리고 왔을 테니까.

"……!"

민규의 예상은 적중했다. 제일 먼저 재료 사냥에 나선 건 변창주였다. 그의 재료 선택은 주저가 없었다. 소리 없이 강하던 변창주. 그의 마지막은 달랐다. 뒤를 이어 제시카 리도 움직였다. 그녀의 바구니에도 식재료가 쌓이기 시작했다.

'이민규.'

스스로의 이름을 불러보았다. 마음속에 세 전생이 아른거렸다. 세 전생이 초자연수의 물결을 이루었다.

'그래……'

민규가 웃었다. 어떻게 보면 이 구도가 마음에 들었다. 만약 내정자가 없다면 이런 폭발적인 긴장감을 느낄 수 있을까?

체질 저격.

그 생각은 까마득히 지웠다. 루이스 번하드의 체질에 맞추는 건 일도 아니었다. 세 사람을 다 고려할 수도 있었다. 그러나 내정자의 문제라면 미각 저격으로 될 일이 아니었다. 비리와 손 잡은 사람들에게는 맛보다 돈이나 거래가 더 강한 법이니까.

민규야.

훌훌 털고 물맛 한번 보여주자.

민규 생각에 화답하듯 메아리가 울려왔다.

길성조문 귀인상대(吉星照門 貴人相對).

음양화합 만물화생(陰陽和合 萬物化生).

최선을 다하고 결과를 기다리리라.

마음을 다잡은 민규가 마침내 출격했다.

변창주의 바구니에는 산해진미의 재료가 가득했다.

해삼, 전복, 죽순, 생선의 부레, 육고기의 힘줄, 토란, 구기자, 새우, 오리고기… 그리고 찹쌀 술.

보양으로 꼽히는 재료는 다 담겨 있었다. 뭘 하려는 걸까? 종합 보양식을 만들려는 걸까? 그의 속내는 마지막 재료에서 알 수 있었다. 왼손에 집어든 식재료, 샥스핀과 제비집이었다.

'불도장이군.'

불도장.

한국형 약선요리는 아니지만 약선요리의 계보에 들어간다. 보양식으로는 지구 최강이라고 해도 손색이 없었다. 그러나 힘줄과 도가니 등을 제대로 익히려면 3~4시간이 걸릴 일. 그럼에도 강행한다면 이미 대책을 가지고 있다는 얘기였다.

신경을 끄고 재료를 둘러보았다. 숙성육과 신선육의 육류는 기가 막혔다. 해산물 역시 그 못지않았다. 랍스터와 대게는 회로 먹어도 될 정도로 팔팔했다. 곡류도, 근과류도 좋았다. 그에 비해 채소와 산야초는 조금 빈약했다. 산야초는 시든 것이 많았다.

싱싱한 것들은 재배용이었다. 시든 것들 중에는 깊은 산의 산야초가 있었다. 하루 종일 산을 타고 다니며 채집을 하다 보니 때깔은 나쁠 수밖에 없었다.

시든 산야초에 마음이 갔다. 외양은 볼품없으되 나고 자란 내력이 우수한 것들이었다.

재료 파악은 끝났다.

재료 앞에 서서 생각에 잠겼다. 그 앞으로 제시카 리가 지나갔다. 그녀의 바구니가 보였다. 소고기와 꿩고기, 그리고 새우, 그리고 각종 채소들…….

'만두?'

그녀의 주제도 알 것 같았다.

나는 뭘 할까?

불도장으로 맞불을 놓을까?

아니지. 초자연수 셰프의 품격을 지켜야지.

그러자면 한 차원 높은 요리를 선보여야지.

최고의 약선요리.

민규의 시선이 쌀에 닿았다. 쌀은 여러 가지가 있었다. 토종쌀 대관도도 있고 북흑조와 자광도도 있었다. 갓 도정한 것으로 상태가 좋았다. 그에 비하면 멥쌀은 구색 맞추기용이었다. 척 봐도 토종쌀에 비해 구려 보였다. 그 멥쌀 위에 글자가 아른거렸다.

—밥이 보약.

—한국인은 밥심으로 산다.

누구의 눈에도 보이지 않지만 민규 눈에는 보였다. 그 밥심의 밥은 이 멥쌀로 짓는다.

멥쌀 당첨.

어쩌면 무모해 보였다. 왜 좋은 쌀 다 놔두고 평범한 일반미일까? 하지만 민규의 내심은 그보다도 무모했다. 쌀눈을 살린 5분 도미를 찾았던 민규였다. 밥맛의 끝판왕을 구현하려는 야심이었으니 5분 도미가 없는 게 아쉬울 정도였다.

군신좌사의 군은 정해졌다. 다른 무엇도 아닌 것, 그러면서 가장 기본인 것. 한국인이라면 누구든, 하루 한 번은 먹어야만 하는 것. '밥'이었다. 기본을 통해 최고의 약선요리 구현. 민규의 생각이 속도를 내기 시작했다.

—멥쌀, 시든 산야초, 울금, 검은콩, 팥, 작설차, 감초, 오미자……

민규가 사냥한 재료의 면면이었다. 최고급 식재료를 차지한 두 경쟁자에 비하면 몹시 초라한 선택이었다. 쌀도 평범하지만 산야초들은 썩 좋은 상태가 아니었다.

그래도 검은콩과 팥, 작설차에 더한 약재들은 최상이었다. 북탈이콩은 재래종으로 검은콩 가운데 섞여 있는 것을 미량 골라냈다. 작은 종지로 하나 정도였지만 그 정도면 충분했다. 팥 역시 이른 봄에 심어 수확한 것만으로 골라 담았고, 작설차와 오미자 등도 최상의 조건으로 추려냈다. 민규였기에 가능한 일이었다.

"다 고른 건가요?"

호기심 어린 눈으로 루이스 번하드가 물었다.

"네."

"그런데 왜 싱싱한 재료를 놔두고 시들한 재료들을?"

그의 시선이 민규의 재료와 재료칸을 오갔다.

"약간 시들기는 했지만 좋은 토양과 바람을 맞고 자라 본연의 맛과 향을 제대로 간직한 재료들이라서요. 조금 시든 건 제가 살려내면 되거든요."

"살려낸다?"

"네."

"또 기도로요?"

"네."

"흐음, 이번에는 좀 세게 기도해야 할 것 같은데요?"

"그럴 것 같네요."

"산나물 백반? 아니면 산채 비빔밥?"

대화가 오갈 때 이한세가 끼어들었다.

민규는 조용한 미소를 남기고 조리대로 향했다.

시작은 주목받지 못했다. 하지만 역설적으로 말하면 충분한 주목을 받았다. 천하일미의 식재료들 중에서 가장 부실한 것만 골라 집어온 민규였다.

루이스 번하드의 시선도 받았다. 그는 기억하고 있을 것이다. 민규가 찌질한 식재료를 집어 든 것. 그런 기억에 일대 반전을 안겨주는 것. 그게 민규의 노림수였다.

'출격.'

결의와 함께 민규의 손가락 마디에 불이 들어왔다. 다섯 그릇에 다섯 초자연수를 소환했다.

톡.

천상의 신비를 간직한 반천하수 한 방울이 첫째였다.

토토독!

그 뒤로 정화수와 지장수, 방제수가 뒤를 이었다. 마지막은 하빙수였다. 다섯 초자연수 중에서 다크호스의 역할을 맡겼다. 그릇의 차례는 정화수—지장수—하빙수—방제수—반천하수였다.

멥쌀이 다섯 초자연수 그릇에 들어갔다. 심사 위원들이 보기엔 같은 물을 다섯으로 나눠 불리는 쌀, 이해하기 쉬운 광경은 아니었다. 쌀이 잠기자 각각의 그릇에 요수를 첨가했다. 식욕을 부르는 요수였기에 덤으로 보탠 것이다.

심사 위원들을 위해 약간의 이벤트를 넣었다. 일종의 기 삽입 퍼포먼스 과정이었다. 이미 '정신주입'을 설파했던 민규였기에 이번에는 좀 더 진지한 장면을 연출해 주었다.

"이번에 만드는 건 무슨 물인가요?"

나혜선이 다가와 물었다. 그녀의 질문은 다분히 방송용이었지만 민규는 진지하게 답했다.

"어떤 물이 좋을까요?"

"밥이라면 정화수가 좋겠지요. 기로 그런 물을 만들 수 있다면 동의보감에 나오는 지장수와 반천하수는 어때요? 그런 물로 밥을 하면 최고의 약선이 될 수도 있을 거예요."

"그럼 이 물은 정화수로 하겠습니다. 이 물과 저 물은 지장수와 반천하수로 하고요."

민규가 세 물그릇을 차례로 짚어주었다.

"잘해보세요."

나혜선은 어깨를 으쓱하고 제시카 리에게 옮겨갔다.

그녀는 민규의 예상대로 만두를 만들고 있었다. 그 크기는 보통 만두보다 아주 작았다. 만두피는 삼색으로 가고 있었다. 꼬마 만두에 삼색피.

'보만두?'

제시카 리의 요리도 가닥이 잡혔다. 그녀가 만드는 만두는 유명한 보만두였다. 작은 만두를 만들어 찌고 큰 반죽 안에 넣어 하나의 만두로 만드는 것이다. 큰 만두의 크기는 한 접시 분량이 될 것이다. 그걸 열면 작은 만두들이 새알처럼 튀어나온다.

복주머니에서 복이 나오듯!

그녀다운 시도였다.

민규도 슬슬 움직였다. 그 처음은 쑥이었다. 탱탱하게 살아난 쑥을 들고 잡티가 배인 부분을 떼었다. 물기가 빠지자 건조기에 넣었다. 바짝 마르면 갈아내 가루를 만들 생각이었다. 살구와 마도 함께 준비했다.

한편에서 북탈이콩과 팥, 곤드레 산야초가 끓기 시작했다. 거기서 네 가지 밥물이 나왔다. 북탈이콩에서 나온 검은색, 팥에서 나온 붉은색, 울금의 황금색, 그리고 곤드레를 갈아내 얻은 초록색. 아무것도 섞지 않은 쌀까지 합치니 다섯 색이 되었다. 오행의 황적청흑백이었다.

"오색밥이군요?"

이번에는 이한세가 물었다. 얼굴은 웃고 있지만 실상은 사무적이었다.

"예."

민규가 답했다.

"오색이면 오행이니 괜히 기대가 되는데요?"

"기대하셔도 좋습니다."

민규가 웃었다.

다섯 돌솥에 밥물을 잡고 다시마 한 조각씩을 띄웠다. 참기름과 정종도 살짝 투하시켰다.

정종.

술을 왜 밥물에 넣은 걸까? 이 작은 첨가물 하나 역시 깊은 의도가 있었다.

딸깍!

불을 당겼다. 쓰고 있는 테이블만으로는 부족해 다른 테이블의 가스레인지도 빌렸다.

산야초 정리에 돌입했다.

두툼하고 야들한 두릅나물.

한 면에만 고추장을 발라 불 맛을 입힌 후 들기름에 살짝 구워낸 더덕.

가늘고 길게 잘라 들깻가루로 볶아낸 머위대.

초밥용 사이즈로 준비한 하얀 생마.

연한 된장 양념으로 잘 무쳐 두 장씩 겹쳐 놓은 우산나물.

밀가루를 살짝 둘러 들기름에 익혀낸 화살나물.

봄을 우려 넣은 듯 향이 은은한 참나물.

향긋함이 새록거리는 취나물무침.

붉은빛을 살려 삶아낸 눈개승마나물

잘 삶아서 탱탱거리는 고사리볶음.

도톰한 모양을 살려 데쳐낸 원추리나물.

초밥에 쓸 재료들이 가지런히 마련되었다. 산야초들은 잡내나 깡이 든 것까지 일일이 추려낸 알짜들이었다. 카메라가 이 그림을 잡았다. 루이스 번하드의 눈에도 들어갔다.

"오 마이 갓. 이게 정녕 아까 그 재료들입니까?"

"예."

"조금 맛을 봐도 되겠습니까?"

"물론이죠."

민규가 허락하자 그가 산야초 한 조각을 집었다. 향을 음미한 그가 가만히 조각을 물었다. 잡내 하나 없는 자연의 향은 미각을 흔들 정도였다.

사각!

아작!

숲의 메아리가 들렸다. 메아리 속에서 숲 향이 고스란히 퍼졌다. 아까의 시든 산야초라고는 생각할 수 없는 최상의 재료였다.

"Good."

그가 엄지를 세워주었다. 각인의 전략은 먹히고 있었다.

이제 초밥초 차례였다. 잘 발효된 과일초에 가미된 건 볶은 굵은 소금 약간과 감초물이었다. 감초가 설탕 대신이었다. 그런데 마지막에 또 하나의 재료가 들어갔다.

[1시간 경과합니다.]

장내 멘트가 나왔다. 화면에 세 참가자의 진행 과정이 적나라하게 보였다. 변창주의 불도장은 식욕을 협박하며 끓고 있었다. 옵저버들이 번갈아 기웃거렸다. 수도 중인 스님도 유혹한다는 불도장의 맛. 과연 헛소리는 아니었다.

제시카 리의 만두 역시 차질 없이 진행되고 있었다. 마지막으로 민규의 테이블이 잡혔다. 테이블에는 산야초가 바다를 이루고 있었다.

"뭐죠?"

가족석의 문정아가 종규를 바라보았다.

"글쎄요."

종규 고개가 갸웃 돌아갔다.

"산나물샐러리?"

상아가 말했지만 공감이 가지 않았다.

보글보글.

민규는 이제 밥을 연주하고 있었다. 쌀은 섬세하다. 그저 물 붓고 불 켜둔 후에 끓어오르면 불을 줄여서 되는 게 아니었다. 압력솥에 넣고 스위치만 누르면 되는 게 아니었다. 그런 밥은 일상용이다. 적어도 미식가들에게는 그런 밥이 통하지 않았다.

밥은 물이 생명이다. 밥은 불질이 생명이다. 날씨에 따라, 건조도에 따라, 생산 지역에 따라 물과 불을 조절해야 했다.

민규가 만들 건 산야초초밥. 군신좌사에서 군이 될 재료였다. 밥맛이 외출하면 끝장이었다. 식히는 것도 그랬다. 시간이 급하면 부채질도 하고 입김도 불지만 무리수가 된다. 밥은 그 어떤 물리적인 행위도 없이 자연스러운 과정을 거칠 때 최상의 맛을 이루는 것이다.

하르르!

다섯 돌솥에서 김이 솟기 시작했다. 마무리 불 조절을 했다. 김은 서서히 줄어들었다.

'수고했다.'

다섯 냄비를 잡고 진짜 기도를 올렸다. 카메라가 다가왔다. 민규가 첫 뚜껑을 열었다. 아무 색도 넣지 않는 쌀밥이었다.

"아!"

카메라 기사 입에서 탄식이 나왔다. 그 소리가 컸기에 심사 위원들이 돌아보았다. 민규는 거푸 남은 돌솥을 열었다.

밥!

민규의 오색밥.

차르르 윤기가 돌았다. 나무 주걱으로 건드리니 보석처럼 빛이 난다. 하나하나 머금은 찰기와 윤기는 수정보다 빛나고 햇빛보다 찬란했다. 주식으로 보던 밥이 아니라 미식으로써의 밥이었다.

"오!"

루이스 번하드의 입이 쩌억 벌어졌다.

"조금 맛봐도 될까요?"

조바심이 느껴졌다. 내로라하는 미식가인 그로서도 난생처음 보는 밥의 존엄이었다.

'옥침……'

민규는 알았다. 지금 그의 입에 흥건한 침은 보통 침과 달랐다. 맛난 것을 볼 때만 생기는 침의 정수, 옥침이었다.

"잠깐만요."

밥알을 섞으며 살짝 시간을 끌었다. 옥침의 분비를 늘리기 위한 전략이었다. 맛은 처음이 중요한 것. 초자연수의 밥맛을 각인시키려는 의도였다.

민규가 한 덩어리를 떠 들었다. 밥알은 자체 발광하듯 기름이 자르르 흘렀다.

"후아!"

루이스 번하드가 밥알을 씹었다. 입김을 주체하지 못했다. 눈을 감고 음미한다. 그런 다음에야 목으로 넘어갔다.

"원더풀!"

그가 엄지를 세웠다. 방송용이 아니라 진심이었다.

"아아!"

"오오!"

그때부터 루이스 번하드는 민규 테이블을 떠나지 않았다. 초밥의 마술 때문이었다. 오색밥에 배합초를 섞은 민규, 산야초 하나마다 맛의 주제를 입히며 절정을 향해 질주했다.

[5분 남았습니다. 이제 마무리해 주시기 바랍니다.]

진행자가 시간을 알려왔다.

[2분 남았습니다.]

민규의 여정은 거기서 끝났다. 질박한 사각 접시 위에 산야초 잎을 깔아 즉석 초원을 만들고 그 위에 초밥을 올렸다. 마와 더덕을 쓴 초밥들은 산나물 줄기로 띠를 둘러놓았다. 색감의 대비는 눈이 시리도록 산뜻하게 보였다.

00:00.

마침내 시간이 멈췄다.

[세 분은 완성된 요리를 심사대 앞으로 제출하시기 바랍니다.]

진행자의 안내와 함께 민규가 접시를 들었다. 1착은 제시카 리였고 변창수는 2착, 민규가 3착이었다.

삼색 무늬의 보만두.

천하일미 태극불도장.

무위자연 산야초초밥.

세 요리에 카메라가 쏟아졌다.

삼색 줄무늬 피만두 옷을 입은 보만두는 우아한 복주머니의 강림이었다. 배를 가르면 복이 우르르 쏟아질 것 같았다. 불도장은 또 어떤가? 코를 홀리는 향은 뒷줄의 옵저버들 후각까지 맹렬히 자극했다. 몇몇은 옥침이 샐 지경이었으니 그 유혹은 차마 조바심에 다르지 않았다.

마지막으로 산야초초밥. 그건 신선의 식탁으로 비유가 되었다. 가공하지 않은 자연 상태로 가지런히 키와 색을 맞춘 세팅은 소박미와 정갈미의 극치를 보여주고 있었다.

[보기만 해도 기가 막힌 요리가 나왔습니다. 세 분 모두 수고하셨습니다.]

진행자의 말과 함께 가족석에서 박수가 쏟아져 나왔다. 심사대 앞에 도열한 세 참가자는 그제야 긴장을 풀었다.

[제시카 리, 이건 어떤 요리입니까? 굉장히 궁금한데요?]

진행자의 첫 질문은 제시카 리에게 돌아갔다.

"제 요리는 삼복(三福) 축원 보만두입니다. 궁중요리의 하나인 보만두를 응용해 만들었습니다."

[이게 만두라고요?]

"네."

[이야, 내가 왕만두까지는 먹어봤지만 이렇게 큰 만두는 본 적이 없습니다. 이건 왕왕만두입니까?]

"이 만두 안에는 작은 만두들이 가득 들었습니다. 겉의 큰 만두는 복주머니로써 먹는 사람에게 건강과 복을 부르는 전통요리입니다."

[복을 부른다? 아까 보니 재료도 다양하던데 어떤 의미가 있습니까?]

"삼복만두라는 이름에 어울리게 육류와 어류, 조류를 이용해 세 가지 맛과 색깔을 담았습니다. 이는 하늘과 땅, 바다의 복을 다 품으라는 기원이기도 합니다."

[하늘과 땅, 바다의 복을 다 받는다? 저도 꼭 한번 먹어보고 싶군요.]

진행자는 군침을 넘기며 변창주에게 건너갔다.

[이 요리는 무엇입니까? 냄새부터 사람을 자근자근 녹이는데요?]

"태극불도장입니다."

[태극불도장?]

"불도장은 세계 최고의 보양식이라고 할 수 있죠. 중국의 약선요리로 알려져 있지만 음양의 재료를 한국을 상징하는 태극배열로 맞춰 한국인의 정서에 부합하는 구성과 맛을 내보았습니다."

[들어가는 재료가 장난 아니던데 제가 먹으면 10대 동안으로 돌아가는 거 아닙니까?]

"얼굴은 몰라도 정기는 그렇게 될 것으로 믿습니다."

[아, 이거 냄새 진짜… 죽음이네.]

진행자는 코를 큼큼거리며 식욕을 달랬다.

[자, 이제 오늘의 마지막 요리입니다. 이거… 뭔가요? 보기엔 초밥 같은데 위에는 전부 산야초가 올라가 있습니다.]

진행자가 민규를 바라보았다.

"제 요리는 무위자연 약선 산야초초밥입니다."

[제가 생선초밥 킬러인데 산야초초밥은 생소하군요. 그래도 오색으로 나온 밥과 산야초를 보니 건강에는 확실히 좋을 거 같습니다.]

"드시면 피가 맑아지고 마음도 맑아질 겁니다. 숲을 품은 듯 말입니다."

[흠흠, 그러고 보니 정말 숲의 향기가 은은하군요. 기대가 큽니다.]

진행자의 찬사와 함께 요리에 대한 설명이 끝났다.

[그럼 최종 순위 결정을 위한 시식이 시작되겠습니다.]

진행자의 선언이 떨어지자 심사 위원들이 움직였다. 첫 대상은 보만두였다. 아직 따뜻했다. 나혜선이 큰 만두를 열자 보석이 쏟아져 나왔다. 빨강, 초록, 옅은 노랑의 색옷을 입은 꼬마만두들은 한 떨기 꽃이었다. 색이 고와서가 아니었다. 만두 모양을 꽃처럼 빚어냈으니 하나하나가 예술 작품을 방불케 했다.

"오!"

루이스 번하드도 그 색감과 모양에 취했다. 먹는 즐거움에 보는 즐거움까지 줄 수 있는 요리였다.

"육류와 해물, 조류를 재료로 삼았다고 했나요?"

이한세가 제시카 리를 바라보았다.

"붉은색의 소는 소고기고 초록색은 새우, 밤색은 꿩고기를 주재료로 썼습니다."

"꿩만두라… 꿩의 특징은 알고 쓴 건가요?"

"꿩은 열이 많은 음식입니다. 쪄서 요리하면 색깔이 빨개져 불의 음식으로 불리죠. 종기와 상극이라 종기를 앓고 있던 조선의 문종께서 꿩고기를 잘못 먹고 암살당했다는 말까지 나올 정도니까요. 하지만 열성 식품인 꿩이기에 메밀피로 음양의 조화를 맞췄으니 염려 마시고 드셔도 됩니다."

"제대로 아시는군. 약선공부를 제대로 했어."

이한세가 꿩만두를 입에 넣었다. 딱 한입이었다.

"흐음, 좋군. 입안에 맴도는 이 촉촉함……."

이한세가 감탄하는 사이에 다른 심사 위원들도 시식을 시작했다.

"세상에, 새우가 초록 바다에 담긴 흰 진주 같아요. 맛도 너무 담백하고."

나혜선이 맛본 건 새우였다. 그녀가 갈라놓은 새우만두의 속살이 눈꽃처럼 빛나고 있었다.

"소고기 재료도 촉촉하네요. 후추나 마늘의 강한 맛도 없이 최고의 조화인데요? 그런데 흔히 쓰는 부추 대신 대파를 썼네요?"

나혜선의 질문이 이어졌다.

"부추는 소고기와 궁합이 별로라서 쓰지 않았고 대파와 양파로 느끼함을 잡았습니다. 대신 대파를 반죽 끝에 넣음으로써 식감의 묘미를 살렸죠."

제시카 리는 막힘이 없었다. 두 심사 위원은 흡족한 표정을 지었다.

"음… 여기 아련하게 배어 있는 사과 맛 향은 뭐죠?"

루이스 번하드는 세 만두를 다 맛본 후에야 질문을 던졌다.

"산사라는 약선약재예요. 비위를 보하고 소화를 촉진하죠. 체했을 때도 좋으니 체하는 걸 방지하는 효과도 있습니다."

제시카 리는 영어에 능통했다. 관중에게 전달하는 통역자가 바빠졌다. 답을 들은 루이스 번하드의 손이 겉만두피를 잡았다. 다들 큰 관심이 없었던 만두보. 그러나 그는 무엇 하나 그냥 넘기지 않았다.

"생각보다 굉장히 쫄깃하면서도 부드럽네요? 재료는 그냥 밀가루 같은데?"

"맞습니다. 대신 중력분과 강력분에 볶은 굵은 소금을 섞어 저만의 밀가루를 만들었습니다. 삼색은 치자와 포도즙을 이용해 만들었고요. 속이 비치면서도 찢어지지 않아 따로 피만 먹어도 맛이 좋습니다."

"Good, 중국의 시안에 가면 '더파창'이라는 음식점의 교자가 유명하지요. 거기서 물고기 모양의 만두를 먹어본 적이 있는데 그보다도 인상적입니다."

루이스 번하드가 엄지를 세워 보였다. 제시카 리의 요리는 흠이 나오지 않았다. 심사 위원의 뒤를 이어 옵저버들이 시식을 했다. 그들도 연신 고개를 끄덕였다.

다음은 불도장 차례가 되었다. 한눈을 팔던 회장의 시선이 화면으로 고정되는 게 보였다.

"어떻습니까?"

그 앞에서 이한세가 심사 위원장을 돌아보았다. 먼저 평하라는 양보였다.

"불도장… 중국에서 두 번 먹어보고 세 번째 접하게 되는군요. 식재료 구성을 음양에 맞췄다더니 향부터 식욕을 재촉하는 것 같습니다."

루이스 번하드의 소감은 솔직했다. 그의 기대감은 폭발 직전이었다.

"약선요리는 음양의 조화를 중시하지요. 우리 조상들은 날마다 받는 밥상의 구성조차 음양에 맞춰 올렸습니다. 거기서 착안해 같은 구성이라도 음은 음끼리, 양은 양끼리 모아 음양의 반응이 최대가 되도록 구성했습니다."

변창주도 영어에 능통했지만 설명은 한국말로 나왔다. 통역이 그 말을 옮겨주었다.

"재료에 힘줄이나 도가니가 있던데 주어진 시간으로는 제대로 무르지 않았을 것 같은데요?"

루이스 번하드가 도가니를 건져냈다. 통역은 눈치껏 두 사람의 대화에 끼어 매개 역할을 했다.

"……!"

고기를 집어 든 그가 소스라쳤다. 도가니는 부드럽게 고아져 있었다.

"흐음."

그대로 입에 넣어 맛을 보았다. 살며시 씹히는 촉감은 한없이 부드러웠다. 그야말로 담백함의 진수였다.

"놀랍군요. 보통 3~4시간을 끓여야 부드러워지는 재료인데……."

"두 가지 방법을 썼습니다. 살구씨와 갈잎을 갈아 넣고 삶은 후에 중간에 꺼내 완전히 식혔다가 다시 삶으면 빨리 익고 맛도 변하지 않습니다. 이는 질긴 고기를 연하게 요리하는 우리 전래의 방법이기도 합니다."

"……!"

설명을 들은 루이스 번하드의 시선이 가볍게 흔들렸다. 그는 다른 힘줄을 들어보며 질문을 이었다.

"불도장에는 소흥주가 들어가는 것으로 아는데 여긴 어떤 걸 넣었습니까?"

"소흥주는 찹쌀로 만든 술이죠. 한국에도 찹쌀술은 많으니 저기 비치된 술 중에서 찹쌀 원료를 쓴 법주를 대용으로 썼습니다."

변창주의 대답은 시원시원하게 나왔다.

"좋군요."

루이스 번하드는 그쯤으로 질문을 마쳤다.

"역시 불도장."

"놀랍군요. 그 짧은 시간에 이렇게 완벽하게 재현해 내다니."

"나는 한 20년쯤 젊어지는 느낌인데요?"

이한세에 이어 나혜선의 호평이 이어졌다.

"아, 더 먹고 싶은데 우리 옵저버님들도 맛을 보셔야 하니 그만 숟가락을 놓겠습니다."

이한세는 은근히 불도장을 띄우고 물러났다.

"와우, 이게 바로 말로만 듣던 불도장?"

"이야, 이 깊은 국물 맛… 그냥 바로 피가 되고 살이 되는 느낌인데요?"

"진짜 둘이 먹다 둘 다 죽어도 모를 맛이네요."

옵저버들도 호평이었다. 정갈한 느낌의 보만두보다 호응이 좋았다. 변창주의 입꼬리가 살며시 위로 올라가고 있었다.

"이제 마지막 시식 차례입니다."

민규 앞에서 진행자가 멘트를 날렸다. 심사 위원들이 민규의 산야초초밥 앞에 둘러섰다.

"미라클!"

루이스 번하드는 엄지부터 세웠다. 다른 심사 위원들도 그 뜻을 알았다. 싱싱하게 살아난 산야초 때문이었다.

"기도가 통했군요?"

나혜선이 웃었다.

"그런 거 같습니다."

민규도 웃었다.

"요리 설명을 부탁합니다."

심사 위원장 루이스 번하드가 기회를 주었다.

"이 요리는 보시는 대로 산야초초밥입니다. 새로이 부각되는 산야초의 맛을 그대로 살려 자연 본래의 맛을 음미할 수 있게 했습니다."

"아까 보니 밥이 예술이던데 오색은 약선요리에서 주로 쓰는 음양오행의 그 오색입니까?"

"맞습니다. 그건 겉으로 드러난 오행이고 제 초밥에는 다른 오행의 조화가 더 숨어 있습니다."

"다른 오행의 조화?"

루이스 번하드의 시선이 통역에게 향했다. 살짝 조바심이 어린 눈빛이었다.

"맛을 보시면 알게 될 겁니다."

민규가 요리를 권했다. 백문이불여일견. 민규의 백 마디 말보다 요리가 결정할 일이었다.

"아, 산야초를 싱싱하게 만든 재주 하나는⋯ 응?"

검은빛 고사리초밥을 살피던 이한세가 시선을 멈췄다. 하얀 밥알 위에 올라앉은 고추냉이 때문이었다. 고추냉이를 갈아내는 건 보지 못했던 이한세. 하지만 흰 밥알 위에서 연두빛깔 고운 자태를 뽐내는 덩어리는?

우물!

그대로 시식에 들어간 이한세의 시선이 멈춰 버렸다.

'아보카도?'

⋯가 아니라 콩이었다. 서리태의 껍질을 벗기고 초록 속살을 찧어 맛의 기폭제로 끼워 넣은 것. 그 풍후한 맛이 이한세의 미각에 벼락을 쳤다. 알알이 살아 있는 밥알과 섞이며 푸근함에 고소함을 더하는 콩가루 덩어리. 그 위에서 아작아작 끊어지는 고사리의 식감. 느닷없는 풍미에 감정의 무장해제를 당해 버린 것이다.

"고추냉이예요?"

나혜선도 같은 걸 집어 들었다. 그녀 역시 그 맛에 포로가 되었다. 씹을수록 감미로운 밥에 개운한 이슬 맛이 따라붙는 고사리, 그걸 조화시키는 콩의 담백함에 혼을 놓는 둘이었다.

'이럴 수가?'

이한세는 물로 입을 씻어냈다. 아무래도 착각 같았다. 수많은

요리를 보았지만 이런 밥맛은 없었다. 이번에는 흰 마를 올린 초
밥을 집었다.

사— 각!

마의 식감은 놀라울 정도였다. 청각이 먼저 미각을 지배해 버
렸다. 그 아래서 섞여오는 노란 밥알은 조금 전의 것과도 맛이
또 달랐다. 단박에 눈이 개운해지는 것이다.

전격적인 맛의 향연.

이는 맛의 연금술사로 불리는 프랑스 최고 셰프들을 회자할
때나 나오는 그 궁극……

'말도 안 돼.'

표정 관리를 하려고 하자 안면 근육이 멋대로 움직여 버렸다.

놀라움은 시작일 뿐이었다. 초록밥에 올라앉은 붉은빛 눈개
승마초밥에서 또 맛의 폭풍이 바뀌었다. 고추냉이 자리에는 구
운 살구속이 있었다. 새콤달콤하게 따라붙는 그 맛은 차라리 마
약덩어리라는 게 옳았다.

더덕초밥 역시 겉과 속이 달랐다. 겉은 들기름에 구워 흰빛이
지만 뒤집으면 고추장을 엷게 바른 붉은빛이 나왔다. 고추냉이
자리에는 곱게 갈아넣은 검은깨 흑임자가루가 숨어 있었다. 더
덕의 쌉쌀함에 울금의 싸아한 맛, 거기 검은깨의 고소함이 어울
리니 씹기도 전에 옥침이 돌았다.

그다음은 붉은 팥물밥에 노란빛 머위대초밥. 이 밥에 올라앉
은 건 흰 마를 갈아낸 푸근한 덩어리였다. 연하디연한 화살나물
도, 도톰한 식감이 일품인 우산나물도, 향으로 먹는다는 참나물
에, 심지어는 흔한 콩떡잎과 죽순까지 자연의 파노라마는 쉬지

않았다. 그 모든 초밥은 하나하나가 창작이었다. 단 하나의 소재도 같은 맛을 만들지 않은 민규였던 것이다.

아아!

아아!

미각은 제어 불능의 늪으로 자꾸만 빠져들었다.

"그런데 이건?"

마지막 초밥에서 나혜선의 시선이 멈췄다.

"귀한 들미순나물입니다. 두릅과 가죽나물의 중간쯤 되는데 가죽나물에 섞여 있더군요."

민규가 답했다.

"들미순이라고요?"

이한세가 끼어들었다. 산야초를 제대로 아는 사람이라면 들미순을 모를 수 없었다. 운이 좋으면 평생 한두 번 맛보게 된다는 그 나물이었다.

"오, 그러고 보니……."

이한세가 고개를 끄덕거렸다. 딱 한 번 접해본 경험이 있는 모양이었다.

"시식해 보시죠? 우리나라 사람도 만나기 힘든 귀한 나물입니다."

나혜선이 루이스 번하드에게 권했다. 원래는 옵저버들 시식 분량을 남겨야 하는 것. 하지만 하나둘 집어 먹다 보니 바닥을 내버린 심사 위원들이었다.

"그런 거라면 여사님이……."

루이스 번하드는 나혜선에게 양보했지만 결국 시식하게 되었다.

우물!

입안을 가셔낸 그는 아주 신중하게 맛을 음미했다.

"부드럽고 달고 고소하군요. 산들의 야생 미각을 아련히 녹여 낸 듯한 맛입니다. 산야초에 이런 맛이라니……."

루이스 번하드는 후우, 후우 거푸 맛김을 뿜어냈다. 그 입김 속에 아련한 후폭풍이 밀려왔다.

"하아!"

맛의 여운은 길었다. 초밥 하나마다 계곡의 싱그러움이 몰아치고 초원의 장쾌함을 펼쳐 놓았다. 미각은 숲으로 뒤덮였다. 숲이 속삭였다. 자꾸자꾸 속삭였다.

더 놀라운 건…….

온몸의 반응이었다.

숲의 감동이 익숙해지자 다른 감동이 밀려왔다. 마음이었다. 마음이 정갈해지는 것이다. 핏속의 찌든 것들이 죄다 씻겨 나간 듯 시원해졌다. 가슴이 시원하게 열렸다. 눈이 맑아졌다. 마침내는 보이지 않는 정기로 채워지는 신비감까지 들었다.

'이럴 수가.'

세 심사 위원 중에서 가장 짜릿하게 반응한 건 루이스 번하드였다. 민규의 산야초초밥은 소리 없는 해체였다. 현대에서 찌든 모든 것에의 해체. 맛이라는 인식에 대한 해체. 민규가 말한 무위자연이 거기 있었다. 그래서일까? 틈만 나면 흘러내리던 식은땀도 간 곳이 없었다. 몇 번을 이마를 더듬어보지만 만져지지 않았다.

맛의 신세계.

밥의 재발견.

여러 단어가 루이스 번하드를 치고 갔다.

'약선요리……'

솔직히 큰 기대는 하지 않았었다. 프랑스의 미식가들에게 있어 한국은 일본이나 중국의 요리 세계에 비교되지 않았다. 그러나 회장과 개인적인 친분이 있기에 마지못해 응한 자리였다. 그런데 이 약선초밥……

차원이 달랐다.

육류나 생선류를 전혀 쓰지 않은 것도 놀라웠고 밥맛의 새로운 지평이 놀라웠다. 그럼에도 온몸을 차고 들어오는 감동이라니.

'요리가 아니라 자연을 먹었군.'

"리 셰프."

냉정을 되찾은 루이스 번하드가 민규를 보며 말을 이었다.

"오색초밥 색색의 배색에 더불어 맛이 다 다르더군요. 때로는 신비롭고 또 때로는 정화가 되고, 또 때로는 머리가 맑아지고… 음양오행 배치 조화입니까?"

"그렇습니다. 음양오행에 맞춰 흰밥에는 검은빛 고사리를, 노란 밥에는 흰 마를, 붉은 팥밥에는 노란빛 머위를 올려 맛과 건강, 식감을 고려했습니다."

둘의 대화에 통역이 바빠졌다.

"그럼 고추냉이 자리에 들어간 재료들은요?"

"그 또한 상생의 조화입니다. 검은 산야초에는 초록을, 흰색 산야초에는 검은색 하는 식으로 끝까지 통일성을 놓지 않았습니다."

"하지만 음양(陰陽)으로 친다면 밥과 산야초는 모두 음에 해당하는 거 아닙니까?"

듣고 있던 이한세가 태클을 날렸다. 눈빛이 매웠다. 예기에 따르면 물과 흙에서 나온 음식은 음이고 육류로 만든 음식은 양이었다. 그러니 그의 질문은 정확했다. 하지만 민규는 그 질문의 대안을 이미 가지고 있었다.

"맞습니다. 하지만 이 초밥 요리는 분명 음양의 조화를 맞췄습니다."

"뭐라고요?"

"배합초에 이걸 넣었거든요."

민규가 들어 보인 건 정종이었다.

"술?"

"육류는 양에 속합니다. 그러나 육류만 양인 것은 아니죠. 술 또한 양에 속하는 음식입니다."

짝짝!

이한세가 반격하려 할 때 루이스 번하드의 박수가 나왔다.

"원더풀!"

감탄까지 이어지니 이한세는 더 이상 태클을 걸지 못했다.

"아!"

시식 기회를 맞은 옵저버들의 탄식은 크고 길었다. 민규의 접시가 텅 비어 버린 것이다.

[이상으로 심사가 끝났습니다. 이제 심사 점수 발표가 있겠습니다.]

진행자의 멘트가 실내를 흔들었다. 심사 위원들의 손은 점수 판 위에 올라가 있었다. 결승에서는 각 심사 위원들이 채점을 공 개하는 방식이었다. 그 점수를 합쳐 총점으로 순위를 가리게 되 었다.

[그럼 먼저 이한세 심사 위원입니다. 점수 공개해 주세요.]

진행자의 말과 함께 점수가 나왔다.

"윽!"

점수를 본 종규 입에서 신음이 새어나왔다.

〈변창수 100, 이민규 94, 제시카 리 93〉

변창수 100.

만점이다.

만점이 종규의 등짝을 후려쳤다. 2등과의 간격은 6점이지만 만점 앞에서는 꽤 멀어 보였다. 변창수의 입꼬리가 실룩거렸다. 점점 야심을 드러내는 그였다.

대상은 나야.

정해진 거라고.

넘보지 마라. 들러리들아…….

그의 미소에 숨은 말이었다.

[불도장의 변창수 참가자가 보기 드문 만점을 받았습니다. 다음 은 나혜선 심사 위원님, 채점 결과 부탁합니다.]

"나는요……."

나혜선이 진행자의 말을 잠시 끊고 나왔다.

"이럴 때가 가장 마음 아파요. 다 100점을 주고 싶기는 한데……."

사설과 함께 그녀의 점수가 공개되었다.

(변창수 99, 이민규 95, 제시카 리 94)

"아, 씨……."

가족석의 종규가 머리를 쥐어뜯었다. 변창수가 두 번의 1등. 대세는 기울었다. 이런 식이라면 심사 위원장이 민규에게 1등을 준다고 해도 변창수가 유리했다. 게다가 제시카 리가 1등을 먹으면 민규는 3등이 될 판이었다.

'틀렸나?'

민규 입가에도 갈등이 스쳐 갔다. 최선을 다했지만 짜고 치는 고스톱에는 장사가 없었다.

[현재까지 변창수 참가가자가 199점, 이민규 참가자자 189점, 제시카 리가 186점으로 변창수 참가자가 가장 유리한 고지를 점하고 있습니다. 마지막으로 심사 위원장님, 점수를 공개해 주십시오.]

진행자가 심사 위원장을 바라보았다. 루이스 번하드는 이때까지도 채점을 정리하고 있었다.

[심사 위원장님!]

진행자의 재촉이 있자 비로소 루이스 번하드가 점수판을 들었다. 화면에 그 점수가 비쳤다.

"……!"

모두의 시선이 루이스 번하드의 심사 점수에 집중되었다. 회장이 제일 먼저 반응을 했다. 그다음은 변창주였다.

이민규 94점.

94점?
점수대로 보아 1등은 아닌 것 같았다.
'틀렸군.'
민규가 고개를 저었다. 뒤를 이어 제시카 리의 점수가 나왔다.

제시카 리 93점.

그리고…….

변창주 80점.

변창주 80?
"……!"
민규는 눈을 의심했다. 다른 심사 위원들과는 달리 점수가 굉장히 짜게 나온 것이다. 본능적으로 점수를 계산했다. 당황한 탓인지 간단한 산수가 잘 되지 않았다. 그때 합산 점수가 전광판에 올라왔다.

변창주 279.

제시카 러 280.
이민규 289.

"으아악, 형!"
가족석에서 종규의 비명이 나왔다.
"오빠!"
상아와 재희도 벌떡 일어나 두 손을 흔들었다. 민규의 시선은
아직 전광판에 꽂혀 있었다.

이민규 289.

이름이 맨 꼭대기로 올라가 있었다.
대역전. 선두를 달리던 변창주를 두 칸 아래로 밀어버린 것이다.
그 결과로 눈이 뒤집힌 사람은 한둘이 아니었다. 회장이 그랬
고 이한세와 나혜선 심사 위원이 그랬다. 루이스 번하드의 파격
이 판을 뒤집어놓고 말았다.
웅성웅성.
옵저버석에서 뒷말이 나왔다. 이한세와 나혜선의 인상도 구겨
진 건 마찬가지였다. 심사 위원들은 사실 미리 회동을 가졌었다.
이 자리에서 점수 수준에 대한 논의를 했다.
점수 격차를 심하게 주지 말 것.
이 가이드라인은 이한세가 제시했다. 그는 회장의 복심이었
다. 특명을 수행하는 대가로 심사 위원이 된 사람이었다. 나혜선
역시 그가 구워삶았다. 그러나 루이스 번하드만은 구울 수 없었

다. 그렇기에 그런 가이드라인을 제시함으로써 안전장치로 삼았던 것이다.

'젠장······'

이한세의 경련은 쉽게 멈추지 않았다.

루이스 번하드로서는 당연한 결과였다. 민규의 요리는 수준이 달랐다. 그는 약선요리가 무엇인지 정확히 알았다. 나아가 식재료 다루는 방법도 완벽했다. 두 참가자는 최상의 재료를 골랐지만 그는 그저 그런 식재료로 신세계를 창조했다.

비교 불가!

그의 신념이었다.

"심사 위원장으로서 제 채점 결과에 대해 설명드리겠습니다."

분위기를 감지한 루이스 번하드가 직접 설명에 나섰다.

"변창주 참가자의 점수가 낮은 건 이유가 있습니다."

루이스 번하드의 표정은 단호했다. 그는 계속 설명을 이어나갔고 통역이 뒤를 이었다.

"그의 불도장은 훌륭했습니다. 하지만 그는 약선요리라는 주제를 이탈하는 무리수를 두었습니다. 이유는 불도장 자체에 있습니다. 다른 과제와 달리 이번 과제는 자유 요리였습니다. 주어진 시간은 2시간입니다. 제가 알기로 훌륭한 셰프는 요리 시간을 잘 배분해야 합니다. 달리 말해 불도장처럼 오랜 시간이 걸려야 제맛이 나는 요리는 이번 과제에 어울리지 않았습니다. 또한 제가 알기로, 약선요리의 원칙은 결코 무리하지 말아야 하며 강제로 맛을 내는 것도 바람직하지 않다고 알고 있습니다. 불도장 요리사는 그 대원칙을 어겼기에 좋은 점수를 줄 수 없었습니다. 솔직히 말해 여기가 한국이 아니고 파리였다면 그에게 줄 제 점수는 0점이었을 겁니다. 그래서 80점이 된 것입니다. 처음에는 0점을 주었지만 대회의 모양새를 고려해 앞에 8자를 붙여주었습니다. 제 심사에 문제가 있다면 심사 위원장 자리를 반납하고 물러나겠습니다."

심사 위원장 반납.

엄청난 베팅이 나왔다.

6. 폭풍 추진력

"……!"

발끈하던 회장은 정신이 번쩍 들었다. 세계 요리계에 막강한 영향력을 가진 루이스 번하드. 세계적인 요리 대회도 그의 평에 이의를 제기한 적은 없었다. 그런 그의 심사에 불복한다면 글로벌 요리 시장 확대는커녕 조롱거리가 될 판이었다.

짝짝짝!

회장은 결국 박수를 택했다. 어차피 물 건너간 일이었다.

[제22회 식치방 약선요리 대회 대상.]

장내가 정돈되자 진행자가 바로 수습에 나섰다.

[이민규!]

이민규.

마침내 그 이름이 호명되었다.

상금 1억 원.

상금과 상패가 주어졌다. 그보다 더 귀한 자부심도 주어졌다. 3,266 대 1의 경쟁률을 뚫고 당당히 대상을 거머쥔 민규. 회장과 심사 위원, 옵저버들의 축하를 받으며 우뚝 섰다.

시상대의 민규는 저 홀로 당당했다. 변창주의 얼굴은 음식 잔반 씹은 표정이었지만 개의치 않았다. 그래도 제시카 리의 축하는 뜨거웠다.

"멋졌어요."

그녀가 엄지를 세웠다.

"당신의 보만두도요."

민규도 엄지를 세워주었다. 사실 보만두의 겉피는 굉장한 역작에 속했다. 그냥 만들어도 터지기 쉬운 대형 만두. 그럼에도 불구하고 눈이 시리도록 얇은 피에 삼색 치장까지 했던 것이다.

"우리 셰프들과 사진을 찍어도 될까요?"

루이스 번하드가 멋진 제의를 해왔다.

"네에!"

제시카 리가 아이처럼 대답했다. 그녀는 천성이 밝았다. 순수한 에너지가 가득했다. 한순간이나마 그녀에 대해 불손한 상상을 했던 것이 부끄러웠다.

찰칵!

세 사람이 셀카를 찍었다. 세 핸드폰으로 세 번 찍었다. 그 모습이 카메라에 잡혀 화면에 나왔다. 세계적인 미식가 루이스 번하드와의 기념 촬영. 맛난 장면이 아닐 수 없었다.

"셰프의 신선의 밥을 파리나 뉴욕에 소개하고 싶습니다. 언제

한번 와주세요."

축하 인사가 끝나자 루이스 번하드가 반가운 제의를 했다.

"재주는 없지만 언제든지 응해 드리죠."

"그때까지 밥맛 비결이라던 물에 대한 기도를 잊지 마시기 바랍니다. 이 셰프의 주술에 취한 건지 노르데나우의 성수를 밥물로 넣은 듯한 착각마저 들었습니다."

"걱정 마세요. 제 기도는 언제든 유효하니까요."

민규가 물 잔을 내밀었다.

"뭐죠?"

"새 기도로 만든 물입니다. 마시면 잠시 멈춘 땀이 오래 멈출 겁니다."

"땀? 그럼 내 땀이 멈춘 게 이 셰프가?"

"위원장님만을 위한 요리였다면 완전히 없앨 수도 있었지만 심사 위원이 여럿이라 일부만 세팅했습니다. 이걸 드시면 부족한 부분이 완전하게 커버될 겁니다."

"……!"

"그럼……."

민규가 가족석을 향해 돌아섰다. 그 기세는 사뭇 압도적이었다. 루이스 번하드는 물 잔을 보고 있었다. 이 물은 하빙수였다. 열을 달래는 효능이 있었다. 물에 취한 루이스 번하드, 그대로 마셔 버렸다.

"……!"

말이 나오지 않았다. 가슴이 시원하게 뚫리는 것이다. 동시에 슬슬 끈끈해지던 이마에도 청량한 바람이 느껴졌다. 민규의 말은 허황된 게 아니었다.

'밥 마법사에 물 마법사?'

루이스 번하드는 민규의 뒤통수에서 눈을 떼지 못했다.

"형!"

종규가 튀어나왔다.

"오빠."

상아도 뛰었다.

"최고였어."

종규가 소리쳤다. 상아는 민규 앞에서 깡충깡충 뛰었다.

"축하해요."

주인아줌마가 꽃을 내밀었다. 재희와 문정아도 빠지지 않았다.

"우와, 언제 꽃을?"

"왜? 어차피 3등은 확보였잖아?"

아줌마가 웃었다.

"아무튼 고맙습니다. 응원 덕분에 큰 힘을 얻었어요."

"고마운 건 나야. 총각이 분투하는 거 보면서 반성 많이 했어. 사람이 나처럼 대충 살면 안 되겠구나 하고. 시인이 되고 싶던 옛날 꿈이 생각나더라니까."

"그럼 되시면 되지요. 아직 늦지 않은걸요."

"어휴, 그래도 조마조마했어요. 오전에도 오후에도… 심장 쫄깃해진 것 좀 봐요."

재희가 안도의 숨을 쉬었다.

"몸은? 너무 신경 써서 부작용 생긴 거 아니야?"

"뭐래요? 가슴은 졸였지만 기분은 최고예요. 우리도 오빠 따라서 같이 요리한걸요."

"안 되겠다. 종규야, 어디 가서 식사라도 하자."

민규가 종규를 돌아보았다.

"형!"

종규가 뒤쪽을 가리켰다. 민규가 돌아보니 지점장이 보였다.

"어, 지점장님."

"축하해요."

그가 악수를 청해왔다.

"고맙습니다."

"천만에요. 진짜 대단했어요. 이 정도일 줄은 몰랐네요."

"그랬나요?"

"루이스 번하드가 이런 말을 하더군요. 미식 충격. 이민규 씨가 미식가인 자신을 겸손하게 만든 세 셰프의 한 사람에 꼽힌다고… 더불어 나이가 어리니 기대가 굉장히 크다고요."

"……"

"나도 즐거웠어요. 마지막에 산야초초밥을 먹어보지 못해서 좀 아쉽기는 해도."

"맛보여 드릴게요."

"그러자면 결국 개업을 해야겠군요."

"도와주실 건가요?"

"가능성 있는 사업에 베팅하는 건 은행인의 의무이자 즐거움이죠."

"고맙습니다."

"가족들이 온 모양인데 오늘은 함께 기쁨 누리시고 시간 되면 은행으로 나오세요."

"알겠습니다. 살펴 가세요!"

민규가 큰 소리로 답했다.

"누구야?"

지점장이 지나가자 종규가 물었다.

"누구긴 누구냐? 내 물주이자 구세주지."

"구세주?"

"그런 거 있다. 가자."

"알았어. 상아야, 뭐 먹고 싶냐? 우리 형이 오늘 제대로 쏠 모양이다."

종규가 상아 손을 끌었다. 상아는 기다렸다는 듯이 소리쳤다.

"큰오빠가 만드는 약썬— 쌜— 러드!"

*　　　　*　　　　*

"형!"

"응?"

간단한 축하 파티를 겸하고 돌아가는 길, 민규가 돌아보자 종규가 엄지를 세워주었다.

"형."

"왜?"

이번에도 엄지를 세워주는 종규. 싱거운 녀석. 미치도록 좋은 모양이었다.

"그만해라. 이제."

"헤헷, 믿어지지 않아서."

"뭐 솔직히 나도 좀 그렇긴 하다."

"변창주, 그 자식이 내정자였지? 심사 발표할 때 보니까 자기가 대상 따놓은 표정이더라고."

"글쎄……."

민규가 말끝을 흐렸다. 이런저런 사정을 종합하면 의심의 여지가 없지만 확증이 있는 건 아니었다. 그러니 더 신경 쓰고 싶지 않았다.

"그래서 형이 더 대단하다는 거야. 주최 측의 농간까지 뛰어넘다니."

"너나 나나 비빌 언덕 있냐? 그래서 죽기 살기로 했다."

"마지막 재료 선택의 반전… 그것만 생각하면 아직도 흥분이 가라앉지 않아. 처음에는 형이 왜 저러나 싶었거든."

"그랬냐?"

"나만 그런 거 아니야. 주인아줌마는 형이 포기한 거 아니냐고 묻기까지 했다니까."

"너는?"

"나도 처음에는 빡치다가… 가만히 생각해 보니까 형이 물의 마법사잖아? 물 마법을 보여주려면 시든 거 살려내는 게 맞는 것도 같더라고."

"짜식, 피는 물보다 진하다더니 제대로 통하는데?"

"형한테는 피도 소용없어. 형은 물 쪽으로 나가. 다른 출전자들 가족도 다 그랬어. 형이야말로 진짜 요리사라고."

"다 진짜 요리사야. 솔직히 종이 한 장 차이였거든."

"하긴 제시카 리의 보만두는 진짜 기막히더라. 요리를 만들라고 했더니 예술 작품을 내놓았잖아?"

"나도 놀랐다. 보만두인 건 짐작했는데 그 주머니 안에 알알이 보석을 숨겨놓을 줄은……."

"응원석 사람들도 다 먹고 싶어 하던걸."

"너도 그랬냐?"

"당연하지. 나 만두킬러잖아?"

"으음, 그럼 제시카 리에게 전화해서 보만두 하나 배달 의뢰?"

"아, 형 아까 전화번호 받았지?"

"부탁할까?"

"참으서. 말이 그렇다는 거지 형이 그녀만큼 못할 리 없잖아?"

"어쭈? 이건 아예 만들어달라는 말보다 더 무섭네?"

"아니야. 내가 만들어줄게. 아까 녹화한 거 방송으로 나오면… 모레 방송한다고 하는 거 같던데?"

"관둬라. 그게 아무나 하는 건 줄 아냐? 옆구리 터지고 앞구리 터지고 다 터진다."

"그럼 역시 형이?"

"오케이, 콜. 하루 종일 응원한 동생한테 그만한 선물 못 할까?"

민규가 흔쾌히 수락했다.

끼이!

옥상 방문을 열었다. 초라하지만 내 집. 안에 들어서니 긴장이 제대로 풀렸다.

테이블에 앉아 하루를 정리했다. 제시카 리의 전화번호가 보였다. 루이스 번하드의 번호도 있었다. 그리고… 상금 봉투도 보였다.

1억.

받고 보니 무늬만 1억이었다. 기타 소득으로 22%의 세금을 원천징수한다고 했다. 그나마 80% 경비 인정이라 2,000만 원에 대한 22%였다.

'어쨌든 대략 1억…….'

종잣돈이 생겼다. 대상의 흥분은 내려놓고 지점장을 생각했다. 첫 미션은 넘었다. 이제 다음 목표는 개업이었다.

개업!

약선요리 대회만큼이나 난관이 많을 일. 하지만 민규는 쫄지 않았다.

새날이 밝았다.

초자연수를 몇 방울 소환했다. 쌀을 불렸다. 이른 아침 시장을 봐온 산야초로 초밥을 만들었다. 종규와 문정아의 몫도 있었다.

"와아, 너무 행복해요."

아침 약선을 받으러 온 문정아가 비명을 질렀다.

"흐음, 오늘은 우리가 심사 위원이네?"

옥상 평상에 자리 잡은 종규가 목에 힘을 주었다.

"예, 잘 부탁합니다. 심사 위원님들."

민규가 넉살로 받아쳤다. 두 중환자(?)가 나란히 식사를 했다. 상지수창을 보았다. 종규의 창은 맑았고 문정아의 창은 아직 탁한 아지랑이가 남았다. 그래도 처음에 비하면 굉장한 차도였다. 오늘은 가벼운 러닝으로 달려왔다는 문정아였다.

"심사 결과는?"

또 다른 초밥을 포장한 민규가 종규에게 물었다.

"축하합니다. 대상감입니다."

"상금은?"

"어, 그건 준비 못 했는데?"

"상금 대신 먹은 거 뒤처리다. 형 좀 나갔다 올게."

"알았어. 잘 다녀와."

"정아 씨도 잘 다녀가요."

"네, 나의 셰프님."

민규가 인사하자 정아는 큰 키를 숙여 화답했다.

초밥 포장과 서류 봉투를 들고 계단을 내려왔다.

바람을 가르고 달리던 똥토바이가 멈춘 곳은 부모님의 납골묘였다. 파이버를 벗고 경과 보고를 했다.

"저 대상 먹었어요."

상금 봉투를 묘비 앞에 놓았다.

마음이 뿌듯했다.

"개업 준비하려고요."

이번에는 녹채 보리밥집에 대한 사진과 정보 보고였다.

"허파에 바람 들어간 겉멋은 아니에요. 좋은 약선 재료를 만들고 관리하려면 그만한 공간이 필요하거든요."

잠시 납골을 바라본 민규, 진솔하게 이야기를 맺었다.

"지켜봐 주세요."

'지켜봐 주세요'였다.

도와달라고 말하지 않았다. 어차피 이 일은 민규 힘으로 헤쳐 나갈 일이었다.

부릉!

다시 시동을 걸었다. 목표는 방경환 지점장이었다.

"히야!"

지점장실에서 마주한 방경환이 입을 쩌억 벌렸다. 민규가 풀어놓은 약선초밥 때문이었다.

두툼하고 실팍한 두릅초밥.

들깻가루를 입은 노란 머위대초밥

눈이 내린 듯 새하얀 생마초밥.

만지면 통 소리가 날 듯 통통한 고사리초밥.

어제 대회장의 그림과 똑같았다.

"어제 약속드린 거라서……."

"허어, 이걸 나 때문에 일부러 만들었단 말입니까?"

"별로 오래 걸리지 않았습니다."

"그래도 그렇지."

"시식해 보시죠."

"어디 보자……."

지점장은 손을 비벼 긴장을 푼 후에야 초밥을 집어 들었다. 하얀 마초밥이었다. 입에 넣기도 전에 옥침이 가득 돌았다.

아삭아사삭!

입안에서 마가 청량한 메아리를 냈다. 씹던 입을 멈추고 맛깔을 뿜어냈다. 옥침이 새려고 하자 재빨리 흡입신공으로 빨아들이는 지점장.

"히야."

감탄과 함께 또 다른 초밥을 들었다. 이번에는 머위대초밥이었다.

사각!

메아리가 달랐다. 이번에는 처음보다 더 오래 음미했다.

"푸허!"

긴 숨을 토한 그가 고개를 저었다. 그렇잖아도 얼굴에 붉은 기가 많은 사람. 맛에 취하니 홍조가 더 진해졌다.

"믿기지 않는군. 머위대초밥 맛이 이토록 환상적이라니……."

그의 손이 두릅초밥을 집었다. 두툼한 두릅을 세로로 반 잘라 밥알에 올린 초밥. 싱그러운 자태가 입에 넣기 아까울 정도였다.

아작아작.

사각사각.

아삭아삭.

지점장의 입안에 숲의 싱그러움이 파도를 쳤다. 두릅 옆에서 함께 자랐을 생강나무꽃이, 진달래 향이, 원추리의 노란꽃 자태가 여기저기 숨어 숨바꼭질을 한다. 눈을 감아도, 눈을 떠도, 맛의 파노라마는 혀 위에서의 연주를 멈추지 않았다.

"……!"

다시 손을 내민 지점장. 빈 포장 앞에서 손가락이 멈췄다. 어느새 사라진 초밥이었다.

"조금 더 가져올 걸 그랬군요?"

민규가 웃었다.

"아, 아닙니다. 내가 맛에 취하다 보니 정신없이……."

당혹해진 지점장이 얼른 손을 거두었다. 손가락 말단에 따뜻함이 느껴졌다. 온몸으로 온기가 번지고 있었다.

"양기를 북돋고 경락을 통하게 하는 약수 약선을 썼습니다. 기분이 어떠십니까?"

"그럼 이 기분이?"

"비위도 고려를 했고 중초의 기운도 올라오게 했으니 적어도 오늘 하루는 기분이 괜찮으실 겁니다."

"허어……."

지점장은 손을 보고, 어깨를 만지고 옆구리를 틀어본다. 찌뿌듯하던 몸이 개운해진 까닭이었다. 초자연수 열탕과 요수의 마법이었다. 책상에서 골머리 앓는 장년의 직장인이니 양기가 부족할 건 뻔했다. 그걸 위해 열탕을 썼고 비위와 중초는 요수를 더해 효과를 낸 민규였다.

"굉장하군요. 이건 말만 약선이 아니라 진통 약선요리라는 얘긴데……."

똑똑!

그때 노크 소리가 들렸다. 들어선 사람은 지점의 여자 차장이었다.

"오송테크 결재 건이 있어서요. 서류를 보완해 왔는데 두고 갈까요?"

차장이 물었다.

"아뇨. 이리 가져오세요. 오래 걸릴 일이 아니니까."

지점장이 차장을 불렀다. 그녀가 다가와 서류철을 넘겨주었다.

"이겁니다. 크흠, 죄송합니다."

서류를 주던 차장이 헛기침을 했다.

"어디 아파요?"

"어제 시어머니가 영광 굴비를 보내주셔서서 구웠는데 목에 작은 가시가 하나 걸려서 넘어가지를 않네요. 큼큼."

"이비인후과에 다녀와요. 괜히 염증이라도 생기면 고생하니까."

"네, 큼!"

두 사람의 대화를 듣던 민규가 일어나 생수 통으로 걸었다.

생선 가시.

신경 만땅으로 쓰인다. 잉어나 붕어, 쏘가리의 쓸개가 있다면 술에 타서 마시고 토하면 간단하다. 하지만 민규에게는 그보다 더 좋은 효능의 초자연수가 있었다.

물을 받아 다른 컵에 부었다. 뭔가를 제조하는 척 한천수로 만들었다. 한천수, 이 또한 물고기 뼈가 걸렸을 때 즉빵이었다.

"저기, 생선 뼈가 걸렸을 때 좋은 물인데 한번 드셔보시겠어요?"

민규가 차장에게 물을 내밀었다.

"아뇨. 이건 물로 될 일이 아니에요."

그녀가 손을 저었다.

"한번 드셔보세요. 진짜 효과가 좋습니다."

민규가 다시 권했다.

"마셔봐요. 이분이 어제 식치방 약선요리 대회 대상 수상자세
요. 다 시든 산야초도 싱싱하게 살려내는 재주를 가진 분이거든
요."

지점장이 거들고 나섰다. 차장은 마지못해 물을 받아 들었다.
겨우 한 모금만 마시고 말자 민규가 재차 권유를 했다.

"다 드시면 넘어갈 겁니다."

'아, 진짜… 자기가 의사야 뭐야?'

차장의 눈치는 그랬다. 하지만 지점장까지 거드니 별수 없이
바닥을 비워 버렸다.

'응?'

입안에 남은 물기를 비워내던 차장, 눈알이 휘영청 밝아왔다.

"왜요?"

지점장이 물었다.

"가시가… 큼큼……."

차장은 몇 번이고 목을 체크한 후에야 환하게 뒷말을 이었다.

"진짜로 넘어갔어요."

"……!"

지점장의 표정이 민규에게서 정지되었다.

"우와, 정말 대단하시네. 고맙습니다."

차장이 공손하게 인사를 해왔다. 민규 역시 공손히 인사를 받았다.

"이 셰프."

차장이 나가자 지점장이 민규를 불렀다.

"예."

"방금 그거 말입니다. 물……."

"예……."

"대회장에서도 그런 말을 했었지요?"

"예."

"그게 진짜 가능한 겁니까?"

"물론이죠. 지점장님은 이미 여러 번 보셨지 않습니까?"

"여러 번?"

"부친의 경우에서, 요리 대회 예선전에서, 그리고 본선과 이 초밥, 그리고 방금 전의 차장님까지."

"……!"

"믿기 어려우시겠지만 저는 물도 요리합니다. 동의보감에 나오는 초자연수 33 말입니다. 물 또한 요리 재료의 하나거든요."

"이 셰프……."

"확인을 원하시면 이 자리에서 실현해 드릴 수도 있습니다."

"이 자리?"

"지점장님 얼굴 말입니다."

"내 얼굴? 아, 얼굴의 열꽃?"

"한의적으로는 면열(面熱)이라 하는데 위장에 열이 있어서 그렇습니다. 혹시 불편하시다면 제가 물 요리로 지워 드릴 수 있습니다."

"약선 고수답게 한의학도 조예가 있으시군. 그렇지만 이 면열은 성형외과 레이저와 용한 한의원에서도 못 고친 거라오."

"불편하신지 아닌지만……."

"물론 불편하지요. 시도 때도 없이 열꽃이 피어 있으니 더러는 낮술 마셨냐는 오해도 받고."

"잠깐만요."

민규가 일어섰다. 다시 정수기 앞에서 물을 받았다. 이번에도 제조하는 척 몇 번을 섞고 또 섞었다. 보는 사람의 신뢰를 생각해 조금 오래 공을 들였다.

"드셔보시죠. 다 드시면 많이 가라앉을 겁니다."

민규가 내민 건 동상수(冬霜水)였다. 동상수는 술로 인한 열과 얼굴의 열꽃을 다스린다. 지점장에게 맞춤한 물이었다.

"이것 참……."

물을 받아 든 지점장이 난감한 표정을 지었다. 지난번에는 물 얘기에 귀를 기울이지 않았던 그. 그러나 지금은 사정이 달랐다. 반신반의하던 지점장은 결국 물을 들이켰다.

"먹기는 먹었소만……."

"거울을 보시죠."

민규가 거울을 가리켰다. 지점장이 거울로 걸었다. 그 앞에 멈춘 지점장, 시선도 그대로 멈추고 말았다.

'이거…….'

지점장의 손이 거울을 짚었다. 자신의 얼굴 부위였다. 눈을 깜빡이며 다시 확인했다.

'맙소사.'

몸서리가 났다. 거울 속의 얼굴에서 열꽃이 지고 있었다.

"잠깐만요."

지점장이 밖으로 뛰었다. 또 다른 거울로 확인하려는 생각이었다. 그는 오래지 않아 자리로 돌아왔다.

"이 셰프!"

"이제 믿으시겠습니까?"

"이거, 이거……."

"물 요리에 더해 약선요리 대회 우승. 이제 대출 건에 대해 다시 말씀드려도 되겠습니까?"

"이렇게 되면 약속한 것도 있고… 빼도 박도 못하고 계획을 들어봐야겠군요. 봐두신 점포가 있으면 제반 정보 가지고 오십시오. 아까 보신 차장이 담당인데 적극 검토를 지시하겠습니다."

"제반적인 건 여기 챙겨왔습니다만."

민규가 바로 봉투를 내놓았다. 녹채 보리밥집의 입지와 부동산 정보 등이 망라된 서류철이었다.

"……!"

지점장의 입이 쩌억 벌어졌다. 은행이 필요로 하는 건 거기다 들어 있었다.

"허어!"

지점장은 또 한 번 황당했다. 요리뿐 아니라 개업에 대처하는 자세도 틈이 없는 민규였다.

탈탈탈!

똥토바이가 흰 한숨을 내쉬며 속도를 줄였다. 저만치 강물이 보였다.

'이민규.'

오토바이 위에서 민규가 마인드컨트롤을 걸었다.

약선요리 대회 말이야.

그건 예선이야.

어차피 이 일을 위한 전초전이었잖아.

그러니까 이민규.

너는 이제 결선에 도착한 거야.

여기까지 넘어야 우승이라고.

자신 있지?

자신 있지!

의문문이었던 문장이 결의문으로 변했다. 표정도 그랬다.

그럼 시작해.

그 말을 끝으로 똥토바이가 멈췄다.

똥토바이에서 내렸다. 황토 깔린 마당이었다. 그 옆으로 아담한 연못을 따라 커다란 옹기 몇 개를 쌓아 세운 입간판이 보였다.

녹채 보리밥집.

그 옹기를 손으로 짚었다.

넌 이제 내 거다.

왜냐고?

내가 찜했으니까.

몇 번을 토닥여 주고 뒤뜰로 돌았다. 그쪽 마당은 연못을 낀 채 강변을 바라보고 있었다. 작은 돌담을 경계로 장독이 보였다. 하지만 지저분했다. 장독대 옆으로 아무렇게나 방치된 각종 식재료 상자들과 빈 항아리들. 차 약선방 황 할머니가 관리하는 장독대와는 비교 불가일 정도였다.

"당신 뭐요?"

연못의 연잎을 바라볼 때 묵직한 목소리가 등을 때렸다. 돌아보니 보리밥집 주인 백수암이었다.

"아, 안녕하세요?"

민규가 큰 소리로 인사했다.

"뭐냐고요?"

"아, 예… 밥 먹으러 왔다가 구경 좀 하느라고요."

"밥?"

백수암의 시선이 민규를 훑고 갔다. 식당 개업 몇 년이면 손님 견적은 저절로 나온다. 보기만 해도 손님인지 아닌지 알 수 있는 것이다.

"보리밥 되죠?"

선수를 날린 민규가 식당 안으로 걸었다. 마당 끝에 세워진 자가용은 두 대. 하나는 주인 것이니 손님은 잘해야 서너 명일 것 같았다.

'그렇지.'

홀에 들어서자 답이 나왔다. 손님은 달랑 둘이었다.

"산채보리밥 특으로 주세요."

테이블 하나를 차지하고 앉았다. 여종업원의 서비스는 심드렁

했다. 장사 안 되는 가게의 전형이었다. 보리밥이 나왔다. 양은 많지만 구성은 허접했다. 보리밥이라는 게 그저 나물 몇 가지에 된장국, 꽁치 하나 구워낸다고 맛날 일이 아니었다. 반찬들은 하나같이 정성 실종이었다. 내 맛도 니 맛도 아니었다.

"아줌마!"

메뉴 구성을 살필 때 구석의 손님들이 종업원을 불렀다. 종업원은 딴전을 피우고 있었다.

"아줌마!"

억양이 확 올라갔다. 그래도 반응이 없자 이번에는 테이블을 치며 목소리를 높이는 손님. 종업원은 그제야 그 말을 들었다.

"이거 맛이 왜 이래요?"

손님이 반찬 탓을 했다.

"왜요?"

"맛이 이상하잖아요? 쉰 거 아니에요?"

"아침에 한 건데……."

"조기도 덜 구워졌잖아요?"

"다 구운 거예요. 너무 구우면 타서……."

"여기 뼈에 맺힌 피 안 보여요?"

"더 구워다 드릴게요."

"뭐라고요?"

손님 핏대 게이지는 쑥쑥 올라갔다. 돌아보니 백수암은 카운터에서 신문을 보고 있었다. 주인이면서도 방관자 모드. 손님이 없을 수밖에 없는 풍경이었다.

조용히 식사를 시작했다. 반찬 점수는 잘해야 50점이었다. 한

두 가지는 괜찮았지만 나머지는 모두 꽝이었다. 몇 가지는 냉장고에서 며칠이나 묵어 나왔고 또 몇 가지는 대충 만들어 입맛을 버렸다. 그래도 흔적도 없이 다 먹어치웠다. 식당 주인이 가장 좋아하는 손님, 자기 집 요리를 맛있다고 하는 사람이기 때문이었다.

손님들은 핏대를 올리며 나갔다. 그들이 나가자 아줌마의 반란이 시작되었다. 테이블을 치우며 구시렁신공을 펼치는 것이다.

"어휴, 딱 보아하니 불륜각이구만 음식 타박은… 음식 맛이 뭐가 어때서? 맛도 모르는 것들이 꼭…….."

그때마다 접시들이 왈가닥달가닥 요란스럽게 포개졌다.

"사장님!"

식사를 마친 민규가 주인을 불렀다.

"뭐 필요한 거 있어요?"

백수암이 다가왔다.

"보리밥 잘한다기에 왔는데 맛 괜찮네요."

"아, 예……."

"그런데 전보다 손님이 없어요?"

"때가 되면 또 우르르 몰려오겠죠."

백수암의 대답은 매번 건성이었다.

"전에 보니까 그림 전시도 하시던데?"

"지금도 하기는 합니다. 사람들 수준이 낮아서 잘 안 봐서 그렇지."

"좀 봐도 될까요?"

"그러시오. 저쪽 문이라오."

백수암이 홀 끝의 문을 가리켰다. 민규가 일어섰다. 그림이 궁금한 건 아니었다. 전체 구조를 꼼꼼히 살피고 싶었다.

끼익!

전시실에 들어섰다. 홀과는 달랐다. 사람이 없어 썰렁하기는 마찬가지지만 잘 정돈되어 있었다. 동서양화와 서예 작품 몇 개를 보며 걸었다. 그러다 걸음을 멈췄다.

'천명화 화백 작품?'

민규의 시선을 끄는 그림들이 있었다. 단박에 알아볼 수 있었다. 천명화 화백의 그림을 받고 나서 검색을 했던 까닭이었다. 그녀의 그림은 독특하다. 바보가 아니라면 한 번만 보면 분위기를 알 수 있었다.

'응?'

그러다 고개가 갸웃 돌아갔다. 그림들 때문이었다. 천명화의 친구들도, 신문 방송의 기사들도 한결같이 말하고 있었다. 천명화의 작품은 국내에 없다. 물론, 그들의 보도는 틀렸다. 민규가 하나 받았기 때문이다.

그런데!

민규가 받은 작품도 거기 떡하니 걸려 있었다.

뭐야?

그럼 나한테 준 게 가짜?

세련된 액자 안에 든 그림을 보자니 현기증이 일었다.

"마음에 드는 그림이 있습니까?"

주인이 들어섰다.

배려하는 척하지만 실상은 감시였다. 혼자 온 손님. 뒤뜰을 서성이는가 싶더니 이제는 전시실에 들어가 나오지를 않았다. 찜찜하다고 생각하는 것도 무리는 아니었다.

"거긴 천명화 그림인데……."

백수암의 설명이 나왔다.

"이 그림……."

민규가 세 번째 그림을 짚었다. 천명화에게 받은 그 그림이었다.

"그건 셋 다 카피라오!"

"……?"

"내가 이 가게 하면서 평생 만나고 싶던 사람 중에서 셋을 만났다오. 하나는 대통령이 되기 전의 소탈한 변호사 한 분과 또 하나는 국민 가수 조용철 씨, 마지막이 바로 천명화 화백이라오."

"……."

"하루는 이분이 우리 가게에 왔는데 어찌나 반갑던지요. 뭐든 다 특식으로 올렸는데 이 양반이 제대로 먹지를 않아요."

백수암의 기억이 과거로 달려갔다.

"아무튼 식사 끝난 후에 이 전시실을 보여 드렸어요. 그때 넌지시 부탁을 드렸었지요. 소품이라도 하나 사서 소장하고 싶다고."

"……."

"천명화가 알 듯 말 듯 웃어요. 그래서 기대를 했는데 나중에 접촉하니까 미국 쪽 대리인이 고개를 저어요. 한국 사람하고 무슨 원수라도 졌는지 한국에는 팔지를 않더군요. 할 수 없이 최근에야 카피라도 구해다 걸었어요. 그때 소품 하나 샀더라면 그 화백이 죽었으니 돈도 좀 되는 건데……."

카피…….

백수암의 설명 속에서 귀에 남는 건 카피뿐이었다. 그러니까 이 그림은 진본이 아니라 진본을 인쇄한 그림이거나 모작이라는 뜻이었다.

"손님들은 이 그림을 더 좋아하던데……."

백수암이 반대편 벽을 가리켰다.

"캄보디아의 청년 미술가가 그린 진품 작품이라오. 600불밖에 안 줬지만 사람을 끄는 매력이 있어요."

그의 손이 닿은 그림은 소박했다. 푸른 배경에 전통 모자를 쓴 여자였다. 눈코입의 표현이 기묘하면서도 친근했다. 하지만 민규의 시선은 다시 천명화의 그림으로 옮겨갔다.

"사장님."

"또 그거요? 그건 카피래도."

"아까 천명화 그림 하나 가지고 싶다고 하셨나요?"

"말이 그렇다는 거죠. 그 여자 작품은 워낙 다작이 아닌 데다 기존 그림들은 모두 예약 제작을 한 거라 억만금을 줘도 살 수 없다오."

"이 그림은 얼마 정도 할까요?"

민규가 신선마을을 짚었다.

"글쎄요, 최근작이고 비교적 소품이니까 한 3억? 하지만 화가 가 죽는 바람에 희귀성이 겹치니 4~5억?"

"만약 누군가 판다면 사실 겁니까?"

"천명화라면 살 용의가 있지요. 내가 생전에 가지고 싶던 화가의 작품 중 하나니까."

백수암의 대답은 주저가 없었다. 천명화 작품을 애장하고 싶은 그림 애호가. 그 그림을 가지고 있는 민규. 기막힌 기회였다. 그걸 놓칠 민규도 아니었다.

"이 작품 제가 가지고 있습니다."

민규가 사장을 향해 시선을 돌렸다. 승부수를 띄운 눈빛이었다.

하지만!

"당신이? 푸하하핫!"

백수암은 파안대소로 민규 말을 개무시해 버렸다.

"이봐요. 당신 어디 아파요? 저 그림이 얼마짜리인데 고물 오토바이나 타는 당신이… 게다가 저 여자는 한국 사람에게 그림을 팔지도… 응?"

폭주하던 백수암의 말이 딱 멈춰 버렸다. 민규가 들이민 핸드폰 사진 때문이었다.

신선마을 그림.

그리고 천명화와 함께 찍은 사진이었다.

"당신?"

백수암이 주춤 물러섰다.

"사장님과 저, 굉장한 인연이군요. 저는 약선요리사입니다. 천명화 화백님이 죽기 직전에 제 요리를 드셨지요."

민규가 상황을 리드하기 시작했다.

"당신, 요리사요?"

"네."

"먹던가요? 우리 집에서 깨작거리기에 알아봤더니 소식에 입맛까지 까다로워서 산해진미라고 해도 맛이나 보는 깨작깨작 수준이라던데?"

"맞습니다. 하지만 제 요리는 배 터지게 드셨습니다. 비록 마지막 정찬이 되었지만요."

"그래요?"

백수암의 고개가 갸웃 돌아갔다.

"그 답례로 그림 한 점을 주셨습니다. 바로 이 그림입니다."

민규가 신선마을을 가리켰다.

"말도 안 돼. 그 여자 그림값이 얼마인데 밥 한 끼 잘 먹었다고……"

"밥이 아니고 요리였습니다."

"……"

"보여 드릴 수도 있습니다."

"예?"

민규 제의에 백수암이 반응했다.

"그 그림을 사장님께 팔 수도 있습니다."

"예?"

"대신 이 가게를 저한테 파십시오."

"뭐라고요?"

백수암의 미간이 세 겹으로 구겨졌다. 세 제안 모두 느닷없는 일이기 때문이었다.

"저는 이 가게가 필요하고 사장님은 천명화의 그림이 필요합니다. 사장님에게 이 가게는 이제 큰 의미가 없는 것 같고 천명화의 그림도 제게는 그렇습니다. 그러니 서로 협력하면 윈—윈이 아닐까요?"

민규의 시선이 백수암을 조준했다.

빅 딜!

민규의 시선은 그랬다. 백수암은 그 눈빛을 비키지 못했다.

끼이익!

오래지 않아 오토바이 한 대가 날아왔다. 종규가 내렸다. 친구를 콜해 그 오토바이를 얻어 타고 광속으로 날아온 종규였다.

"……!"

백수암은 숨을 제대로 쉬지 못했다. 그 시작은 관련 기사였다. 천명화가 죽은 후로 수많은 특집기사들이 나왔다. 거기서 신선마을 작품에 대한 언급이 있었다. 증인은 김순애였다. 천명화가 소품 하나를 명셰프에게 주었다고 증언한 것이다.

기사 뒤에 진본 그림이 있었다. 민규가 그걸 깨끗한 테이블 위에 올렸다.

꿀꺽!

백수암의 긴장은 칼날 위를 걷고 있었다. 이마와 목에서는 땀이 비처럼 쏟아졌다. 민규는 일부러 느긋하게 그림을 펼쳤다. 천명화가 골라준 그 그림이었다.

화악!

마침내 그림이 제 모습을 드러냈다.

"……"

그림 진본을 본 백수암은 숨도 제대로 쉬지 못했다.

"이, 이럴 수가… 이럴 수가……."

그의 손이 진품을 더듬으려는 순간, 민규가 그림을 거둬 버렸다.

"이, 이봐요."

사장은 정신줄을 놓은 채 버벅거렸다. 그래서 치운 민규였다. 사장의 넋은 반은 나가 있었다. 마음에 드는 걸 보면 영혼이라도 지르고 소유하고 싶은 수집 마니아들. 그 조바심의 역이용이었다.

"실은 뉴욕의 천명화 관리인에게서도 연락이 몇 번 왔었습니다."

민규의 리드가 시작되었다.

"뭐랍니까?"

"이 그림을 되사고 싶다더군요. 값은 원하는 대로 주겠다고."

"……!"

백수암이 흠칫거리는 게 보였다. 천명화 그림이라 그러고도 남았다. 조바심과 초조감이 백배 상승하는 보리밥 주인이었다.

"결정하시죠."

민규가 시선을 들었다. 판은 완벽하게 장악했다. 재료는 고맙게도 유니크 아이템이었다. 단 하나뿐인 재료였으니 꿀릴 딜이 아니었다.

"이 가게를 제게 파십시오."

한 번 더 조여 나갔다.

"그럼, 한 번만 더 봅시다. 한 번만."

백수암의 목소리는 점점 더 갈라지고 있었다. 그 바람대로 딱

한 번만 더 펼쳐 주었다.

"그림은 틀림없는 진품입니다. 만약 감정해서 모사품이면 거래는 없던 걸로 하면 되지 않겠습니까?"

부들거리는 눈빛을 외면하고 다시 그림을 말아버렸다. 백수암은 벽에 기대 숨을 골랐다. 쉽게 안정이 되지 않았다.

'과연……'

Yes냐, No냐?

약선요리 대회 최종 심사에 못지않은 전율이 민규의 온몸을 타고 흐르기 시작했다.

"기다리시오."

백수암이 딜을 물었다.

"으음……."

백수암의 전화를 받고 달려온 감정가 지인은 신중하고 또 신중했다. 천명화의 진품. 국내에 하나가 있다는 건 들었지만 이렇게 맞아떨어지니 잘 믿기지 않았다. 하지만 문제는 없었다. 화풍에서 사인까지, 틀림없는 진품이었다.

"이상 없는데?"

감정가가 감정용 확대경을 거두었다.

"틀림없어?"

"응. 게다가 말년 작품이라 그런지 터치도 완숙하고… 소품이지만 걸작에 꼽히겠어?"

"그렇단 말이지?"

백수암의 시선이 그림으로 옮겨갔다. 그는 이미 신선마을 입

주민으로 보였다.

"좋소. 거래합시다."

마침내 백수암의 수락이 떨어졌다. 선수는 민규가 치고 나갔다.

"그림값은 3억, 가게는 7억 5천으로 해주시기 바랍니다."

"이봐요. 7억 5천은… 적어도 8억은 줘야……."

"그럼 이렇게 하시죠. 그림값은 5억 5천, 가게는 10억."

"그거야 엎어 치나 메치나……."

"다릅니다."

"뭐가 다르단 말이오? 말장난 아니오?"

"사장님 그림의 가치가 달라지는 거죠. 3억짜리가 아니라 5억짜리 명화를 애장하는 거 아닙니까?"

"……!"

민규의 단언에 백수암이 주춤거렸다. 일리가 있었다. 천명화의 그림이라면 거래 자체가 화제가 될 수도 있었다. 화백이 죽었으니 5억이 아니라 10억에 거래를 했다고 한들 뭐랄 사람도 없었다. 어쩌면 십수 년 내로 진짜 10억이 될 수도 있기 때문이었다. 그런 측면에서 보면 애당초 높은 가격에 샀다는 소문이 좋을 수도 있었다.

"저도 7억 가게보다는 10억 가게가 좋습니다. 투자액이 많으니 더 열심히 일하게 되지 않겠습니까?"

"그나저나 이 가게를 사서 뭘 하려는 거요? 때려 부수고 모텔 같은 거 지을 거라면……."

백수암이 말끝을 흐렸다. 이 가게 터는 그 자신이 직접 닦고

지은 건물. 애정이 깃들었으니 건전하지 않은 용도로 사용되는
건 원치 않는 눈치였다.

"약선요리를 할 겁니다."

"약선요리?"

백수암의 미간이 구겨졌다. 안도와 우려가 엇갈리는 눈빛이었
다.

"그거라면… 아는지 모르지만 저 위에 유명한 차 약선요리집
이 있어요. 천명화 화백이 극찬한 셰프라니 실력은 있겠지만 차
사장한테는 어려울 거요. 그 친구가 수완도 좋은 데다 이쪽 분
야에서는 아주 유명하다오."

"그건 걱정하지 않으셔도 됩니다."

"내 말은… 나도 이 가게에 정이 많이 들어서 누군가 이 자리
에 들어오면 잘되기를 바라지 쫄딱 말아먹고 나가는 건 원치 않
는다는 거요."

"저도 말아먹으려고 아까운 그림을 투자하지는 않습니다."

"자신이 있다?"

"약선요리집이 하나 있는 거보다 두 개 있는 게 더 낫지 않겠
습니까? 소위 말하는 시너지도 노릴 수 있고요."

"글쎄… 그런 요리는 대개 예약 손님일 텐데 그 정도 수요가
있을까요?"

"만약 수요가 딸려서 한 집이 문을 닫아야 한다면……."

민규가 백수암을 바라보며 뒷말을 붙였다.

"그건 차 약선방이 될 겁니다."

"……!"

"약속하건대 최소한 10여 년은 이 집의 원형은 건드리지 않을 겁니다. 실내도 가급적 그냥 사용하겠습니다. 미심쩍으면 그런 조항을 계약서에 삽입해도 좋습니다."

"……"

"이제 진행할까요?"

민규가 계약서를 내놓았다. 매매 가격은 10억으로 적으려 하자 백수암이 그 손을 막았다.

"가격은 그냥 8억으로 해주시오. 10억으로 적으면 세금이 어마무시할 텐데 세금이라도 줄여야 그동안 손해 폭을 줄일 수 있다오."

"그림값은요?"

"그건 그냥 우리끼리 5억 거래한 걸로 하고 잔금은 4억 5천을 주시오. 그렇게 하면 사인하겠소."

백수암이 옵션을 걸었다. 실리를 앞세운 조건이었다. 민규야말로 엎어 치나 메치나 마찬가지였다. 어차피 백수암을 조이기 위한 조건이었으므로 흔쾌히 제의를 받았다.

사삭!

백수암의 사인이 끝났다.

사삭!

민규도 계약서에 사인을 했다. 계약금은 8천만 원을 걸었다. 그림과 잔금 지불은 열흘 후로 정했다.

열흘 후.

백수암은 벌써 그날을 헤아렸다. 그날이 되면 신선마을이 자기 그림이 되는 것이다. 민규 역시 열흘 후로 달려갔다. 그날이면, 민규의 약선요리방이 생기는 것이다.

형!

마당으로 나온 종규가 손을 내밀었다. 그 손바닥이 터져라 후려쳐 주었다.

짝!

소리가 강변을 울렸다. 또 하나의 결승을 승리로 이끄는 소리였다.

부릉!

시동을 걸며 차만술의 약선방 쪽을 바라보았다.

'차 사장님.'

지나가는 바람에게 인사말을 실어 보냈다.

'이제 긴장 좀 하셔야 할걸요?'

두 오토바이가 나란히 강변을 달릴 때 전화가 한 통 들어왔다. 강희대학교 이규태 박사였다.

"종규야, 먼저 가라."

동생이 얻어 탄 오토바이를 보내고 갓길에 멈췄다.

"안녕하세요? 박사님."

─아, 이 셰프, 바쁜데 전화한 거 아닌가요?

"아닙니다. 바쁜 일 막 끝났습니다."

─일단 축하해요. 식치방 약선요리 대회에서 대상을 받았더군요? 신문에서 읽었습니다.

"아, 예… 감사합니다."

민규가 답했다. 시상식 후에 취재를 하더니 관련 기사가 나간 모양이었다.

─결선까지 진출했으면 얘기 좀 하지 그랬어요? 나도 그 대회 관심 깊은 사람인데…….

"죄송합니다. 워낙 솜씨가 젬병이다 보니 떨어질 것 같아서……."

─하핫, 겸손하시긴… 식치방 대회가 장난입니까? 듣자니 내가 아는 사찰요리 전문가도 고배를 마신 것 같더군요.

"네……."

─상금 많이 타셨으니 한턱내셔야죠?

"뭐 시간만 내주신다면요."

─오늘 혹시 시간이 됩니까?

"모임이 있으십니까?"

─아주 중요한 모임이죠. 이 셰프만 허락하면 하나 있는 강의를 휴강시킬 생각입니다.

'강의 휴강까지?'

─어때요? 허락하면 제가 지금 차로 모시러 가겠습니다.

"모시다뇨? 제가 오토바이가 있으니 장소를 말씀해 주시면 거기로 가겠습니다."

─아닙니다. 오늘은 제가 모십니다.

"그럼 어떤 모임인지 어떤 요리가 필요한지 말씀해 주시면……."

─목적지는 화성의 수덕사(水德寺)입니다. 어떤 요리가 필요할지는 가봐야만 알 것 같습니다.

이규태가 답했다. 가봐야 안다니 더는 물어볼 수 없었다.

수덕사.

충남에 있는 같은 이름의 절과 함께 유서 깊은 절이다.

그런데 왜 휴강까지 하고 가는 걸까? 민규는 왜 데리고 가려는 걸까?

생각하는 사이에 똥토바이가 집에 닿았다.

"형!"

먼저 온 종규가 옥상에서 두 손을 흔들었다.

"누가 왔어."

3층 계단참에 오르자 종규가 나지막이 눈치를 보내왔다.

'이규태 박사가 벌써?'

서둘러 남은 계단을 올랐다. 손님은 구면이었다. 그러나 이규태는 아니었다.

7. 아홉 구멍의 출혈을 막은 정화수

"안녕하세요? 이 셰프님."

그가 먼저 인사를 해왔다. 고급 요양원에서 보았던 손병기였다. 할머니에게 장국밥을 대접하기 위해 출장 요리를 부탁했던……

"어떻게 저희 집을?"

"다 아는 수가 있지요."

"예……."

"식치방 약선요리 대회 대상을 축하합니다."

손병기가 흰 카라꽃 한 다발을 내밀었다.

"그것도 아세요?"

"실은 제가 뒷조사를 좀 했습니다. 죄송합니다."

"저 털어봤자 별로 나올 거 없는데……."

"그럴 줄 알았는데 많이 나오더군요. 요리 쪽 말입니다."

"요리요?"

"광덕의료원 길두홍 박사님 아시죠?"

"우리 종규 지정의 선생님요?"

"그분 쪽에서 두 건… 아니, 세 건이군요. 폐동맥고혈압이라는 불치병 환자들을 약선요리로 치료하셨더라고요? 박사님 말씀은 의학적으로 인정할 수는 없지만 센세이션한 일이라고……."

"예……."

"그리고 얼마 전에 타계한 서양 화단의 거목 천명화 화백… 음식발 받지 않는 그분에게 최후의 정찬을 푸짐하게 안겨주시고 보답으로 유작을 받으셨고……."

"……."

"마침내 국내 최고의 전통요리 대회인 식치방 약선요리 대회에서 무려 3,266 대 1의 경쟁을 뿌리치고 대상을 수상."

"……."

"그 대회 심사 위원장인 세계적인 미식가 루이스 번하드의 극찬까지."

"저기……."

"아, 아직 제가 제 소개를 안 했군요."

손병기가 명함을 꺼내주었다.

'KTBC 이 사람이 궁금하다, 피디 손병기?'

민규 시선이 명함에 꽂혔다. KTBC라면 국내 최고 방송사의 하나였다. 평범한 직장인은 아닌 줄 알았지만 방송사 피디였다니?

"실은 이 셰프께서 장국밥을 만들어준 날 이후로 쭈욱 지켜보고 있었습니다. 조금 더 확인이 되면 제 프로그램에 모셔볼까 해서요."

"저를요?"

"저희 프로그램 아시죠?"

"그야……."

"실은 광덕대 케이스로 그림을 그려보고 있었는데 천명화 화백님에 요리 대회 대상까지 거푸 터져 버렸습니다. 더 주저하다가는 다른 방송사에서 채 갈 거 같아서 부랴부랴 달려왔습니다."

"피디님."

"거짓말 아닙니다. 자료 화면 좀 보시겠어요?"

손병기가 노트북을 열었다. 안에는 다양한 자료가 있었다. 장국밥을 끓였던 요양원을 시작으로 광덕의료원의 길 박사 인터뷰, 나아가 요리 대회의 장면도 다수 보였다. 그제야 알았다. 요리 대회장의 카메라. 왜 별 볼 일 없는 민규를 자주 앵글에 담았는지…….

"대회장 방송 촬영을 우리 방송사가 맡았지 않습니까? 카메라맨에게 스케치 화면 좀 부탁해 두었었습니다. 수락하지 않으시면 다 파기하겠지만 수락이 안 떨어지면 저도 이 자리에서 안 내려갈 겁니다. 텐트도 가져왔거든요."

손병기가 긴 가방을 가리켰다. 던지면 3초 안에 퍼진다는 2인용 텐트 가방이었다.

"피디님."

"제가 이 프로그램 맡으면서 노숙까지 각오하고 캐스팅한 출연자는 꼭 네 명입니다. 이제 셰프님까지 다섯 명이 되겠네요. 어떡하시겠어요?"

"제가 그 프로에 나갈 무게가 됩니까? 다들 쟁쟁한 분들만 나오던데?"

"제가 볼 때는 그 어떤 분들보다 막강하십니다. 맛의 달인이자 요리를 통한 의사가 아닙니까? 게다가 불치병까지 고쳤습니다. 굴지의 광덕의료원에서, 그것도 대한민국 최고의 전문의가 인정한 건데 누가 감히 깔보겠습니까?"

"……"

"정식으로 부탁합니다. 저희 프로그램 출연을 허락해 주십시오. 이 프로그램에 나오시면 약선요리 홍보에도 큰 도움이 될 것으로 생각합니다."

손병기의 요청은 아주 정중했다.

"형!"

종규 목소리가 민규를 밀었다.

"그러시다면, 약선요리를 눈요기감이 아니라 제대로 소개해 주신다면 응하겠습니다."

"그건 약속합니다. 저희는 말초 자극용 쇼 프로그램이 아니니까요."

"고맙습니다."

"그럼 저랑 방송국에 같이 좀 가시죠. 저희 프로그램 스태프들과 인사도 하시고 스케줄도 조절하시고……"

"지금은 곤란한데요? 제가 선약이 있습니다."

"혹시 인터뷰인가요?"

"아닙니다. 이규태 박사님이라고 수덕사 쪽에 약선요리 선약이 있다고 해서요."

"수덕사라면 사찰요리가 유명한 곳이고… 아, 지금 거기 혜윤 주지 스님이 몸이 안 좋다고 들었는데 그분 요리를 하러 가시는 겁니까?"

"그건 잘 모르겠네요. 박사님이 오셔야……."

"죄송하지만 저도 동행해도 될까요? 수덕사라면 굉장한 그림이 나올 거 같은데 방해되지 않게 조용히 움직이겠습니다."

"그 문제는 박사님에게 여쭤봐야 합니다."

"그건 셰프님께 누가 가지 않은 방향으로 제가 알아보겠습니다."

손병기의 추진력은 혀를 내두를 정도였다. 바로 이규태와 연락이 닿았다. 알고 보니 이규태도 그의 프로그램에 출연한 적이 있었다. 이규태의 답은 원점으로 돌아와 버렸다.

―이 셰프가 좋다면 저도 괜찮습니다.

별수 없이 OK가 되었다.

*　　　　*　　　　*

"죄송합니다."

달리는 차량 안에서 민규가 말했다. 운전은 이규태가 하고 있었다. 민규가 챙긴 건 생수 통뿐이었다.

"아닙니다. 손 피디는 예의를 아는 사람이니까요."

"……"

"손 피디 프로그램에 내정되었다고요?"

"잘 모르겠습니다. 아까 그 자리에서 받은 제의라서……."

"그렇잖아도 내가 언제 손 피디에게 소개할까 했는데 인물은 인물을 알아보는군요."

"별말씀을……."

"이거 이렇게 되면 오늘 아무래도 이 셰프께서 요리 한 접시 제대로 만들어야겠군요."

"어떤 일인지 말씀해 주시겠습니까?"

"그게… 주지 스님 안부를 여쭈러 가는 길입니다. 그분이 한때 제 환자셨거든요. 지금은 제 멘토이기도 하시고."

'환자이자 멘토…….'

"혹시 구규출혈(九竅出血)이라고 아십니까?"

"큰 충격을 받으면 눈, 코, 입, 귀 등에서 피가 나오는 병 아닙니까?"

"맞습니다. 그 양반 제자가 엄청난 사고를 치는 바람에 정신적인 충격으로 구규출혈이 있으셨지요. 그 탓에 기를 많이 상해 제가 잡아드렸는데 번번이 재발을 합니다. 하지만 미미한 출혈인데다 노환이라는 고집에 약이나 입원을 거절하고 계시지요."

"식사는요?"

"마음이 심란해서 그런지 거의 못 드신다고 하더군요. 심하지는 않다지만 몸에서 나는 피가 멈추지 않는 건 굉장히 부담스러운 일이거든요."

"……."

"그나마 광보 스님이 계셔서 그분을 챙겨오셨는데 그분도 한계에 다다른 모양입니다. 광보 스님은 들어보셨죠?"

"예."

"사찰요리에서 유명하신 분입니다. 외국의 미식가들도 찾는 사람이 많지요."

"그런 분이 계신데 제가 쓸모가 있을까요?"

"솔직히 말하자면 이 셰프가 쓸모가 없다면 좋은 일이지만 그렇다면 또 슬픈 일이지요."

"무슨 말씀이신지……."

"너무 비틀었나요? 제 말은… 이 셰프가 쓸모가 없다면 광보 스님의 사찰요리가 빛난다는 얘기지만 그 말은 곧 그분을 뛰어넘는 신예가 없다는 뜻 아니겠습니까? 음양의 이치란 무릇 해가 중심일 수도 달이 중심일 수도 없습니다. 무엇이든 차면 기울어야 하니 그런 뜻으로 말씀드렸습니다."

'빛나는 신예……'

이규태의 비유에는 민규에 대한 기대가 숨어 있었다.

"계속 곡기를 못 드시고 계시다면 이 셰프께서 한번 나서주시기 바랍니다. 사례는 제가 충분히 하겠습니다."

"사례 때문이 아니라……."

"아닙니다. 사례 받아야지요. 오늘은 어쩌면 제가 바람잡이고 이 셰프께서 왕진을 가는 건지도 모릅니다."

민규를 꼬박꼬박 챙기는 이규태의 배려가 고마워 군소리를 달지 않았다.

바다가 나오자 수덕사가 가까워졌다.

水德寺.

수덕의 수는 물 水였다. 초자연수를 소환하는 민규이기에 반갑게 느껴졌다.

"옛날에는 여기 샘물이 감천수라 해서 굉장히 유명했답니다. 아침이면 인근 주민들이 줄을 섰다네요. 하지만 저쪽 끝에 공단이 들어서면서 샘물이 줄어들기 시작했지요."

차에서 내린 이규태가 작은 샘물을 보며 말했다. 손병기의 차량도 뒤를 이어 도착했다.

일주문을 들어서며 손병기가 합장을 했다. 울긋불긋 단청 너머로 광보 스님이 보였다. 스님은 젊은 여승과 함께 나와 있었다.

"큰스님은요?"

이규태가 물었다.

"마루 앞 의자에 나와 계십니다. 박사님 오신다니 기다리고 계신 거지요."

광보 스님이 두 손을 모으며 답했다.

"이쪽이 제가 말씀드린 약선요리의 신성 이민규 셰프십니다."

이규태가 민규를 소개했다. 앞에 붙은 수식어는 부담스러운 정도였다.

"이번에 큰 상을 받았다고요. 박사님까지 칭찬이 자자하시니 저도 설레어 아까부터 나와 있었습니다."

"박사님 말씀은 과장입니다. 이제 겨우 물과 불 좀 다루는 초짜 요리사이니 큰 기대는 마십시오."

광보 스님의 인사에 민규가 답했다.

"올라가시죠."

손병기까지 인사가 끝나자 광보 스님이 길잡이로 나섰다. 수
덕사 옆으로는 작은 계곡이 흐르고 있었다. 바다를 접한 곳이라
공기도 나쁘지 않았다.

"큰스님, 저 왔습니다."

낮은 담장문에 들어선 이규태가 큰 소리를 냈다. 작은 나무
의자에 앉은 혜윤 스님이 엉거주춤 두 팔을 벌렸다. 이마에 선
큰 주름이 그의 법력을 말해주고 있었다. 천년의 거목처럼 편안
한 인상이었다.

"우리 이 박사가 나 때문에 고생이 많아."

목소리도 실바람처럼 낮았다.

"웬걸요. 덕분에 콧바람도 쐬고 좋지요."

"누구?"

큰스님 시선이 민규에게 닿았다.

"아, 큰스님을 위해 부처님께서 상으로 보내주신 식의(食醫)이
십니다."

"식의?"

"이민규입니다."

민규가 나서 인사를 했다. 큰스님에게서 피 냄새가 끼쳐 왔다.
그러고 보니 눈에 핏발이 섰고 코도 한쪽은 티슈로 막아놓았다.
온몸의 구멍으로 피가 나오는 구규출혈이었다. 목구멍에도 가래
붙은 소리가 났다. 뱉으려 하지만 나오지 않는다. 늙어서 힘이
달려 그러는 게 아니었다.

곡기가 땡기지 않는 첫 번째 이유.

민규 머리에 접수되었다. 코와 눈, 입 등에서 나오는 피톨들.

조금씩 묻어 나오지만 출혈은 출혈이다. 이래 가지고는 식욕이 날 수 없다. 제아무리 부처의 신력(神力)이라도 피를 흘리면서 맛 난 식사를 할 수는 없었다.

'칠기(七氣).'

두 번째 이유에 대해 한의학적 정보가 발동을 했다. 기 손상 이다. 그중에서도 칠기다. 정신적인 스트레스가 기를 친 것이다.

'세 번째는……'

상지수창에서 정보를 구했다. 큰스님의 오장육부는 시든 풀이 었다. 간담과 비위에 폐대장까지 시들었으니 먹을 엄두를 못 내 는 것도 당연했다.

"약선요리를 신선급으로 하십니다. 스님도 안 먹고는 못 배길 겁니다."

이규태가 거듭 민규를 상기시켰다.

"내가 뭘 잘했다고 부처님 상인가? 못난 제자 놈들을 키워 불 가를 어지럽혔으니 곡기 대신 무간지옥이나 내리실 일이지."

"무간지옥을 가더라도 그 제자들 인도는 하고 가셔야죠? 그러 자면 곡기를 채우셔야 합니다."

"그렇긴 하지. 다른 건 몰라도 그놈들 경을 칠 힘은 있으면 좋 을 텐데……"

큰스님의 시선이 허공으로 올라갔다. 민규 모르는 사연이 있 는 모양이었다.

"아침 공양은 드셨나요?"

이규태가 광보 스님을 돌아보았다.

"아뇨. 물만 몇 모금……"

광보 스님이 쓸쓸히 고개를 저었다.

"스님……."

이규태가 광보 스님에게 다가섰다.

"약선요리라는 게 음양을 다루는 일이기도 하죠. 스님의 음력(陰力)으로 오래 수고하셨으니 오늘은 떠오르는 양력(陽力) 셰프에게 주방 한번 맡겨보는 게 어떨까요?"

"저야 대찬성입니다."

광보 스님이 웃었다.

"이 셰프."

이규태가 민규를 돌아보았다. 부탁합니다. 그 눈빛이었다.

"알겠습니다."

군말없이 요청을 받았다. 상지수창에 대한 리딩은 이미 끝난 후였다.

체질유형―金형.

간담장―허약.

심소장―양호.

비위장―허약.

폐대장―허약.

신방광―허약.

포삼초―양호.

미각등급―D.

섭취취향―小食.

소화 능력―C.

육체의 아홉 구멍에 출혈을 안고 사는 노스님. 사찰요리의 달인으로 꼽히는 광보 스님도 통하지 않는 상황. 그렇기에 민규의 전의는 더 불타올랐다. 지금껏 겪지 못한 상황에의 도전이었다.

도전!

큰스님의 상지수창은 이내 지워 버렸다. 오장이 전반적으로 허약하니 따로 고려할 필요가 없었다. 중요한 건 칠기와 구규출혈이었다. 큰 스트레스에 더불어 동반되는 출혈. 여든을 넘으며 체력까지 바닥이니 삶의 의욕이 날 리 없었다.

"뭘 도와드릴까요?"

소박한 주방으로 안내한 광보 스님이 물었다. 사찰의 주방은 어느 주방과 달랐다. 거기 있는 양념은 전부 천연이었다.

백년초가루, 산초가루, 냉이가루, 날콩가루, 마가루, 다시마가루, 들깻가루, 연자가루, 표고버섯가루, 심지어는 냉이가루와 칡녹말까지 갖춰 있었다.

천연 양념통도 정갈했다. 오동나무나 소나무, 가래나무로 만든 통은 보기만 해도 기분이 좋았다. 하지만 여기도 불은 가스였다.

"물은 지하수인가요?"

"계곡물을 끌어 쓰고 있어요. 필요하면 생수도 있고요."

광보 스님이 작은 단지를 가리켰다. 물이 찰랑거리고 있었다.

"식재료는 냉장고하고 이쪽에… 보다시피 절이라 변변한 건 없어요."

광보 스님이 작은 광문을 열었다. 채소와 근과, 과일 등이 보였다. 재미난 건 마늘과 파였다. 불가는 원래 오신채를 꺼린다. 마늘과 파, 부추와 달래 등이다. 정액과 아랫배에 힘을 주어 수도를 저해한다는 이유였다. 그런데 마늘과 파가 있었다.

"보살님들이 먹는 거예요. 마늘과 파 없으면 밥 못 먹는 분들도 있거든요."

광보 스님이 바로 해명을 했다.

"네."

민규가 웃었다. 절도 옛날과 다르다. 어떤 절 스님은 술도 마시고 고기도 먹는다. 종교도 세월을 따라가는 모양이었다.

거기서 좋은 식재료를 만났다. 대맥이었다. 대맥은 보리와 함께 심은 보리를 말한다. 민규는 그걸 알아보았다. 대맥은 몸을 보하는 데 가장 좋은 곡식이다. 나복자, 즉 무의 씨가 있기에 그것도 취했다.

텃밭에서 완두콩과 시금치를 땄다. 시금치는 보혈에 좋다. 야트막한 산자락에 자라난 취나물에도 눈이 꽂혔다. 하지만 포기했다. 취나물의 약한 쓴맛도 기운 보충에 좋지만 스님은 금형 체질. 몸이 약해진 터라 화극금(火克金)의 쓴맛이 상극일 수 있었다. 절이라 별다른 약재는 없지만 오미자와 뽕나무껍질은 넉넉하기에 조금씩 취했다.

―대맥, 무씨, 시금치, 완두콩, 말린 대추, 오미자, 뽕나무껍질.

재료는 그것으로 마감했다.

대맥이 군신좌사의 군(君)이다. 무씨 역시 기를 보할 때 유용하다. 완두는 비위를 북돋고 기를 고르게 한다. 볶으면 약효가 더 좋아지므로 볶아내 갈아 쓸 생각이었다. 나머지 오미자와 뽕나무껍질은 숲형 체질을 위한 기본 재료였다.

'일단은 급류수에 요수를 섞어 식욕을 끌어올린 후에⋯⋯.'

항아리에서 물을 떴다. 거기서 생각을 바꾸었다. 급류수는 순류수로 바꾸었다. 마음이 급하다고 무리할 일은 아닌 것 같았다.

마비탕을 소환해 대맥을 불렸다. 이 물은 화타의 물로써 음양기혈 부족에 좋으니 맞춤한 선택이었다.

시금치는 정갈히 씻어 삶아낸 후에 가볍게 헹구었다. 오래, 많이 씻으면 좋은 성분까지 씻겨 내려가기 때문이었다. 완두콩을 볶고 오미자와 뽕나무껍질을 정화수에 끓여 약물을 만들었다.

대맥은 맷돌에 갈았다.

절이라 맷돌이 있었다. 다륵다륵 돌아가는 소리가 정겨웠다. 내친김에 완두콩도 갈고 시금치도 갈았다. 약물에 갈아낸 재료들을 넣고 돌솥에 불을 당겼다. 죽물은 국화수와 요수 한 방울로 잡았다.

보글보글!

대맥이 재료들을 아우르기 시작했다. 완두콩의 고소함과 시금치의 푸근함이 초원 빛깔로 어울렸다. 냄새가 깊어지자 광보 스님이 다가섰다.

"냄새가 참 푸근해요."

"예⋯⋯."

"이건 어떤 약선인가요?"

"보기양혈 맥두야초죽입니다. 기혈에 비위를 살리고 폐를 편하게 합니다."

"은은한 연둣빛이 좋네요. 자연을 요리하는 거 같아요."

불을 낮추고 정성을 가미했다. 불을 끄고 뚜껑을 닫았다. 돌솥 안에서 남은 조화를 이루기 위한 조치였다. 갓 구워낸 스테이크를 조금 방치하는 것과 같은 이치였다.

민규가 물그릇을 집어 들었다.

신선하게 더 신선하게.

정갈하게 더 정갈하게.

기원을 더하며 타올 한 장을 함께 챙겼다. 물그릇에 소환된 건 새벽 정기 가득한 정화수였다.

"큰스님께 올릴 건가요?"

젊은 여승이 물었다.

"잠시만 기다려 주세요."

대략 둘러댄 민규가 물그릇을 들고 나왔다.

"끝났어요?"

마루에 있던 이규태가 물었다. 네, 간단히 대답하고 담장을 향해 걸었다. 민규의 방향은 큰스님 쪽이 아니었다. 엉거주춤 일어섰던 이규태가 다시 마루에 앉았다.

"대맥죽을 쑤셨어요. 냄새가 얼마나 푸근한지 몰라요."

주방에서 나온 광보 스님이 이규태에게 말했다.

"나이는 어리지만 약선 지식과 요리 실력이 대단하거든요. 명색이 한의사인 저도 해박한 식견에 깨갱했다니까요."

"큰스님이 죽을 드셔야 할 텐데……."

"아마 드실 겁니다. 이 셰프의 요리는 이상한 마력이 있거든요."

"그런데 물을 들고 어딜 가시는 건지……."

"제가 가보겠습니다."

듣고 있던 여승이 나섰다.

"그래. 초행이시니 절간 위치도 익숙지 않을 테고."

광보 스님이 답할 때였다. 담장 너머 큰스님의 마루에서 짧은 비명이 울려 퍼졌다.

"어헉!"

"큰스님 비명 아닙니까?"

이규태가 고개를 들었다. 광보 스님은 대답도 없이 담장으로 뛰었다. 그 문을 휘돌아 큰 마당으로 나오자 큰스님이 보였다. 민규도 보였다.

"큰스님!"

광보 스님의 목소리가 무너졌다. 황당한 광경 때문이었다. 민규의 손에는 빈 물 접시가 들려 있었다. 그 물은 큰스님의 온몸을 적시고 있었다. 물을 들고 나온 민규, 해괴하게도 담장을 돌아 큰스님에게 소리 없이 접근했다.

"큰스님!"

뒤에서 부르고는 느닷없이 물을 뿌렸다. 졸지에 물벼락을 맞은 큰스님, 입도 열지 못하고 어버버거리고 있었다.

"셰프님이 갑자기 큰스님께 물을 뿌리셨어요."

여승이 광보 스님을 보며 울먹였다. 담장을 돌아 나오던 그녀가 고스란히 목격한 사안이었다.

"이 무슨 해괴한……."

큰스님의 얼굴에서 물기가 뚝뚝 떨어졌다.

"그냥 두십시오."

광보 스님이 앞치마를 벗어들고 달려드는 걸 막았다.

"셰프……."

광보 스님과 더불어 여승이 황당한 표정을 지었다. 어찌 아니 그럴까? 약선요리로 큰스님의 지친 몸을 달래러 온 사람. 그런데 물 테러를 저지르고는 물기조차 닦지 못하게 막아서다니.

"죄송하지만 이 또한 제 요리의 전채입니다. 그러니 제게 맡겨 주시기 바랍니다."

"말도 안 돼요. 약선요리를 정갈하게 하시길래 마음을 놓고 있었는데 이게 전채라뇨?"

광보 스님이 목청을 높였다. 그사이에 다른 스님들이 모여들었다. 서울에서 온 보살들도 서너 명 몰려 나왔다.

"비키세요. 당신처럼 무도한 사람의 요리는 필요 없어요."

광보 스님이 소리쳤다.

"안 됩니다. 이미 제 요리는 시작이 되었습니다."

"아픈 큰스님을 물로 더럽히고는 이게 요리라고요? 당신, 머리가 어떻게 된 거 아니에요?"

"더럽힌 게 아니라 씻어낸 겁니다. 제가 뿌린 건 정화수니까요."

"정화수?"

"이 박사님."

민규가 광보 스님 뒤편의 이규태를 불렀다.

"박사님은 아시겠지요? 구규출혈에 대한 정화수 처방."

민규의 시선이 이규태를 겨누었다. 함께 황당해하던 이규태의 미간이 좁혀졌다.

'정화수?'

"아!"

이규태가 격한 반응을 했다. 그 소리가 컸기에 광보 스님이 돌아보았다.

"그렇다면 지금 이 셰프께서 구규출혈을 잡기 위해?"

"그렇습니다. 세상의 어느 누구도 피 냄새를 맡으며 음식을 즐길 사람은 없지요. 더구나 기력이 쇠잔해진 큰스님입니다. 제 약선요리를 드시려면 입과 코에 배인 혈취부터 지워야 하니 부득 옛날 처방을 따랐습니다."

"그럼 이게 큰스님의 출혈 치료를 위한 거란 말인가요?"

광보 스님이 끼어들었다.

"그렇습니다, 스님."

민규가 고개를 조아렸다.

"말도 안 돼요. 그렇다면 큰스님께 미리 고했어야죠. 놀라지 않게 천천히 하셨어야죠?"

"죄송하지만……."

광보 스님의 항변에 민규가 천천히 뒷말을 이었다.

"이 처방은 정화수를 벼락처럼 뿌려야만 먹힐 수 있는 처방입니다."

"……!"

"이 셰프의 말이 맞습니다."

뜨악해하는 광보 스님 귀에 이규태의 설명이 들어왔다. 남은 설명은 이규태가 이어갔다.

"동의보감에도 나오는 처방입니다. 우리 한의사들은 이제 잘 쓰지 않는 처방이라 까마득히 잊고 있었지만 조선시대까지만 해도 쓰였던 모양입니다."

"이제 된 것 같습니다. 이 박사님께서 확인 좀 해주시겠습니까?"

민규가 비로소 막은 길을 비켜섰다. 이규태가 서둘러 큰스님을 확인했다. 눈동자를 보고 코와 입을 보았다.

"솜 좀 주세요."

여승에게 손을 내미는 이규태. 여승이 솜을 주자 그걸 빈 콧구멍에 밀어 넣었다 뽑았다.

"……?"

피가 묻어나오지 않았다.

'이럴 수가?'

이규태는 척추가 굳어오는 걸 느꼈다. 자신이 치료하던 큰스님이었다. 한약재를 6개월분이나 내려 보냈지만 미미한 출혈만은 잡히지 않고 있었다. 그런데 어이없게도 민규가 재래식 처방으로 출혈을 해결한 것이다.

"어떻습니까?"

민규가 물었다.

"출혈이……."

이규태는 광보 스님을 바라보며 떨리는 목소리를 이었다.

"멈췄습니다."

"……!"

그 말을 들은 광보 스님은 숨도 제대로 쉬지 못했다. 난다 긴다 하는 한의학 박사도 잡지 못했던 구규출혈. 그걸 젊은 셰프가 해결해 버린 것이다. 그것도 달랑 물 한 그릇으로.

"이제 비켜주시겠습니까?"

민규가 이규태의 주의를 환기시켰다. 이규태가 물러서자 수건으로 큰스님의 물기를 닦아주었다.

"제 전채가 좀 무례했습니다. 막힌 입맛을 뚫기 위해서는 더러 난폭한 맛도 필요한 것이니 해량해 주시기 바랍니다."

"이 물이 전채였소?"

물에 젖은 큰스님이 물었다.

"예. 온몸으로 드신 전채였습니다."

"허어, 몸으로 마신 물이라… 하긴 몸이 개운하긴 하구려."

"그럼 진짜 전채 물을 올리겠습니다."

가볍게 물러난 민규가 다른 물그릇을 들고 왔다. 이번에는 순류수와 요수의 소환이었다.

"천천히 씹으며 드시고 계십시오. 곧 요리를 올리겠습니다."

민규가 물을 내밀었다. 큰스님이 받아 천천히 한 모금을 넘겼다.

"입맛이 도는구려."

큰스님이 웃었다. 그 미소가 광보 스님에게로 옮겨갔다. 다른 스님들과 보살들에게도 옮겨갔다.

짝짝짝!

박수가 나왔다. 소동의 끝이었다.

달그락.

혜윤 큰스님이 숟가락을 집었다. 작은 교자상에 놓인 민규의 맥두야초죽. 죽 위에 올려진 조팝나무 쌀꽃이 보석처럼 빛났다.

"……!"

모든 사람들의 시선이 큰스님에게 집중되었다.

"후룹."

첫 수저가 입으로 들어갔다. 광보 스님과 여승은 자신들이 먹는 양 마른침을 넘겼다. 큰스님은 오래 음미했다. 그 동작이 너무 느려 싫은 건지 좋은 건지 분간할 수가 없었다. 겨우 죽을 넘긴 큰스님이 민규를 바라보았다.

"맛나네."

큰스님이 웃었다. 그 미소는 죽의 풍미와 하나가 된 느낌이었다. 숨을 죽이던 사람들도 함께 웃었다. 그때부터 숟가락에 속도가 붙었다. 죽의 수위가 조금씩 낮아졌다. 스님은 바닥까지 비워내고서야 숟가락을 놓았다.

"큰스님!"

광보 스님이 울먹이며 다가섰다. 늘 노심초사하던 그녀였다. 사찰요리에는 일가를 이루었다던 그녀. 그러나 모든 밥상을 그냥 밀어내는 통에 억장이 무너졌다. 오죽하면 다른 사찰의 방장들에게 연락해 비법까지 물었던 그녀. 그 해결을 눈앞에서 보게 되니 눈물이 쏟아지고 말았다.

"큰스님, 이제 사셨습니다. 출혈도 멎고 곡기도 이으셨으니……."

"허허, 그러게 말이야. 이 늙은 몸뚱아리가 아직 할 일이 남은 게지."

큰스님이 멋쩍게 웃었다. 그라고 광보 스님의 마음을 모를 리 없었던 것이다.

"셰프."

큰스님이 민규를 불렀다.

"예."

"이름이?"

"이민규라고 합니다."

"이민규 셰프라… 부처님 손이 따로 없구만."

"과찬이십니다."

"괜한 칭찬이 아니라 첫 수저를 뜨는 순간 알았소이다. 마치 부처님의 아름다운 설법처럼 내 몸이 반응을 했어요."

"다 드셔주시니 고마울 뿐입니다."

"그야 응당 내가 할 말이지. 아까 나한테 뿌린 물 말이오, 그게 정화수라고 했소?"

"예."

"셰프께서 가져온 모양인데 아직 남았소?"

"그렇긴 합니다만."

"그럼 한 번만 더 뿌려주시겠소?"

"예?"

돌연한 제의에 민규가 파뜩 고개를 들었다.

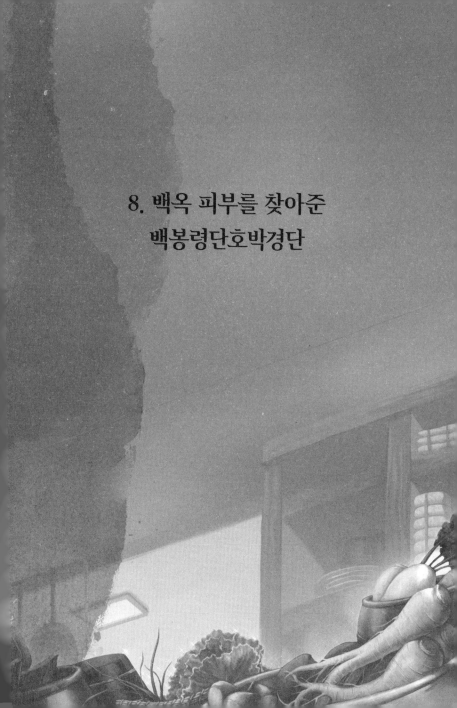

8. 백옥 피부를 찾아준
백봉령단호박경단

"이 늙은이 곡기가 끊겼다고 하니 심장에 뿔난 제자 놈이 구경 온다고 하였소. 아마 곧 도착할 텐데 늙은 몸 정갈하게 씻어 그 정갈함으로 못된 제자를 물들이려 그러오. 내 몸이 더러우면 어떤 말을 해도 통하지 않을 테니."

"……."

이야기를 들은 민규가 이규태를 바라보았다. 그가 고개를 끄덕였다. 주방으로 가서 항아리의 물을 떠 들었다.

톡!

정화수 한 방울을 소환해 물을 바꾸었다. 민규에게는 일도 아니었다.

"부탁합니다."

큰스님, 물그릇을 받아들더니 그걸 민규에게 건네주었다.

"큰스님."

"아까 말했지 않습니까? 셰프 손이 부처 손이라고. 부처님이 죽비로 내려치듯 그걸로 내 정신을 내려쳐 주시오. 내 늙은 몸이 정갈히 씻겨 못된 제자 놈을 물들일 수 있도록."

"……."

"부탁합니다."

촤악!

큰스님의 말이 끝나기도 전에 그대로 물을 뿌려 버렸다. 어차피 민규가 할 일이기에 주저하지 않은 것이다. 큰스님은 다시 물에 젖었다. 그러나 안광만은 새벽별처럼 반짝거렸다.

"좋구나. 그 옛날 저 아래 샘물에 정기가 돌 때 그때 그 물이 이러했거늘. 허헛, 어디서 이렇게 좋은 물을 길어오셨소?"

"제가 실은 물 요리를 할 줄 압니다."

"물 요리?"

"예."

"지금 물 요리라고 하셨소? 우리가 먹는 물?"

"예. 동의보감에 나오는 33가지 물 말입니다. 아까 큰스님께 뿌린 정화수도, 그다음에 드린 요수도……."

"……."

"믿지 않으셔도 괜찮습니다."

"아니오. 내 직접 마시고 겪었는데 어찌 믿지 않으리오. 그럼 혹시 역류수도 만들 줄 아시오?"

"물론입니다만."

"그게 토하는 물이 맞지요?"

"가래를 토하게 하지만 먹은 것을 토하게 할 수도 있습니다."

"괜찮다면 정화수 한 그릇하고 그 물도 좀 부탁합니다. 아주 강력하게 말이오. 똥물까지 다 올라올 수 있도록."

"어디다 쓰실지 알려주시면……."

"내 못된 제자가 하나 있으니 그놈의 악심(惡心)을 바닥까지 다 게워내도록 하려고 합니다."

"알겠습니다."

민규가 요청을 받았다.

"광보 스님은 밖에 나가보시오. 진광이 놈이 오고 있을 터이니."

큰스님의 눈빛이 담 너머로 향했다.

민규는 역류수를 소환했다. 역류수 중에서도 서출동류였다. 즉 서쪽에서 동쪽으로 흐르는 역류였으니 빠른 효과를 위해 급류수도 조금 첨가해 주었다.

"다들 자리를 비켜주시오."

큰스님이 주변 정리를 했다.

끼익!

낡은 소형차가 멈췄다. 거기서 내린 사람은 진광 스님이었다. 광보 스님의 인도를 받으며 혼자 작은 담장으로 들어섰다.

"큰스님, 진광 문안드립니다."

진광 스님이 합장을 올렸다.

"……"

"건강이 안 좋으시다는 말씀을 듣고 달려왔는데 혈색이 도시니 다행입니다."

까닥!

진광 스님의 말을 들은 큰스님이 손가락을 움직였다. 가까이 오라는 신호였다.

좌악!

진광 스님이 다가서자 정화수 물벼락이 날아왔다. 동시에 벽력같은 호통도 함께 나왔다.

"네, 이놈!"

소리가 낮은 담장의 기왓장을 흔들었다. 큰스님의 법력 발동이었다.

"기운 제대로 차리신 모양인데요?"

이규태가 민규를 보며 웃었다.

"이거 진짜 실화입니까? 옆에서 보면서도 믿기지를 않네요."

카메라를 접은 손병기도 웃었다.

장면이 담장 안으로 옮겨갔다. 물벼락에 이어 호통 벼락을 맞은 진광은 황당무계한 표정이었다.

"스, 스님……."

"닥쳐. 네가 지금 이 절에 발을 디딜 염치가 있단 말이냐?"

"스님……."

좌락!

당황하는 진광 스님의 얼굴에 사진이 날아갔다. 십여 장의 사진은 이내 진광 스님의 발밑으로 떨어졌다. 그걸 본 진광 스님의 얼굴이 사색으로 변했다.

'이것…….'

바라보는 눈길이 부들거렸다. 사진은 룸살롱이었다. 반라의 여종업원을 끼고 주지육림을 달리는 모습이었다. 호화로운 벤츠에서 내리고 팁을 물처럼 뿌리고, 키스하는 모습에 젖가슴을 희롱하는 손길, 20대 아가씨 둘을 끼고 흐느적거리는 모습도 있었다.

"네 종단을 위해 네 한 몸 바치겠다고 한자리 차지하더니 그 한 몸 바치는 곳이 주지육림이란 말이더냐? 네놈의 육욕 향이 여기까지 번져오니 내 어찌 곡기를 가까이할 수 있겠느냐?"

"스님, 오해입니다. 이 사진은……."

"네 가까운 불자가 보내온 것이다. 일주일에 네다섯 번 일어나는 일이라 차마 목불인견이니 징치해 달라고 한 일이 오해란 말이냐? 이 사진들이 다 가짜란 말이냐?"

"……."

"좋은 차를 두고 왜 작은 차를 타고 왔느냐? 사진 속의 벤츠야말로 네가 속세 사가(私家)에 두고 타고 다니는 진짜라는 걸 내 알거늘."

"스님……."

"네가 한 달에 긁어대는 유흥업소 카드값이 5,000만 원에 가깝다고 하더구나. 그 목록까지 다 밝혀야 인정을 할 테냐?"

"……."

"게다가 사가에 인연을 맺은 여자가 둘이나 된다고?"

"스님……."

겨우 버티던 진광 스님이 무너졌다.

"가거라. 내 네 불성의 뿌리를 모른 채 부처님께 큰 소용이 되리라 생각해 거두었다는 사실이 몸서리치게 부끄럽구나. 네 부처님을 향한 일말의 양심이라도 있다면 당장 음탕한 만행을 멈추고 모든 직책을 내려놓고서 산야의 암자로 돌아가거라. 돌아가 죽을 때까지 정진하며 그동안 속세에 물든 마음을 씻어내거라."

"스님……."

"아니면 그 사진과 카드 목록을 만천하에 공개할 것이다. 지금 내 손님 중에 KTBC 피디도 와 있음을 유념하거라."

"스님."

"더 심한 사진도 있다. 내 차마 목탁 치고 염주 굴리던 손이 오염될까 따로 두었다마는."

"……."

"어찌하겠느냐? 피디를 불러 사진을 넘겨줘도 되겠느냐?"

"말씀대로 따르겠습니다."

진광 스님이 고개를 조아렸다.

"그렇다면 이 물을 마시거라. 단숨에, 단숨에 말이다."

큰스님이 물그릇을 내밀었다. 그걸 받아 든 진광, 물그릇 안에 이는 파문의 물결을 보며 물을 마셨다. 큰스님의 시선은 진광 스님에게 꽂혀 떠나지 않았다. 진광 스님은 천천히 물그릇을 내려놓았다.

순간!

"욱!"

진광 스님이 가슴을 쥐어뜯으며 경련을 했다.

"우억, 우어억!"

오물이 격하게 넘어오기 시작했다. 봇물이 터진 듯 전격적이었다. 경련은 위를 지나 대장까지 내려가 항문에 닿았다. 그 먼 바닥을 흔들며 거꾸로 올라오는 구토였다. 오물만이 아니라 오장 육부에 낀 세속의 욕망까지 딸려 나왔다.

"우억우억!"

진광 스님은 오장 안에 든 찌꺼기의 한 톨까지도 다 비워놓았다. 그 시간은 채 5분도 걸리지 않았다.

"하아!"

흥건하게 쏟아져 나온 오물들. 그 땅을 짚은 두 손이 무섭게 떨었다. 그제야 큰스님이 일어섰다.

"보아라. 이 더러운 오물들."

"……."

"두 눈 부릅뜨고 똑바로 보아라. 네 영혼은 정작 이 오물들보다도 더 찌들어 있으니."

죽비를 꺼내 든 큰스님, 진광 스님의 어깨가 부서져라 내려쳤다.

"죽비 소리를 따라 하나하나 밀어내거라. 네 마음속에 달라붙은 욕망과 과시, 그리고 허욕의 잡귀들."

따악!

따악, 따악, 따악!

양어깨를 번갈아 치는 소리는 그치지도 않았다.

얼마나 지났을까? 큰스님이 작은 문을 열고 나왔다.

"셰프님."

그의 시선이 민규를 향했다.

"예."

"고맙습니다. 오늘은 당신이 내 부처이십니다."

"과찬의 말씀을……."

"그리고 피디님."

큰스님의 시선이 손병기에게 건너갔다.

"예."

"공연히 당신 이름을 팔았습니다. 해량하시고 두 분에게 부처님의 자비가 당신과 함께하기를……."

"고맙습니다."

민규와 손병기가 공손히 인사를 받았다.

"살펴 가세요."

광보 스님이 차량 앞까지 따라 나와 인사를 해왔다. 이제 돌아갈 시간이었다.

"피디 선생은 어디 가셨지?"

차량 앞의 이규태가 주변을 보았다.

"그러게요. 아까 옆에 있었는데……."

민규가 고개를 빼 들었다. 손병기는 큰스님이 있던 담장 쪽에서 나왔다. 손에는 카메라가 들려 있었다.

*　　　　　*　　　　　*

"이 셰프님."

서울 옥탑집 아래, 이규태가 돌아간 후에 손병기가 민규를 바라보았다.

"예."

"입이 근질거리는 통에 미칠 뻔했습니다. 수덕사의 일, 오면서 생각해도 믿기지 않더군요. 지병인 출혈을 멎게 하고 뚝 끊긴 곡기를 이어주는 요리라뇨? 게다가 큰스님의 제자를 인도하는 물 요리까지."

"물 요리?"

민규가 고개를 들었다. 그건 손병기가 모르는 일이었다. 큰스님이 모두를 내보낸 후에 치른 거사(?)였기 때문이었다. 그런데 그걸 어떻게 안 걸까?

답은 손병기의 카메라에 있었다. 카메라는 민규의 많은 부분을 담고 있었다. 식재료를 고르는 모습과 약선죽, 그리고 큰스님과의 장면, 나아가 큰스님과 진광 스님의 비하인드까지.

"이 화면은?"

민규가 고개를 들었다.

"다 공개할 건 아니니 염려 마십시오. 셰프께서 원치 않으면 이 자리에서 지울 수도 있습니다."

"예……."

"따라가길 정말 잘했습니다. 이 셰프님의 진가를 또 한 번 확인했으니까요."

"고맙습니다."

"물 요리라는 거… 정말 가능한 거로군요? 특별한 제법이 있는 겁니까?"

"일종의 마법이죠. 과학적으로는 설명이 불가능합니다."

"압니다. 요리도 그렇죠. 다 같은 재료에 다 같은 레시피인데 요리사마다 다른 맛을 내는 거. 그게 마법이 아니면 뭘까요?"

"이해해 주시니 고맙습니다."

"아닙니다. 솔직히 약선요리라는 거… 죄송하지만 말장난으로 생각했습니다. 기혈을 보하고 정기를 증진하고… 그런 거라면 병원에서 영양제 한 병 맞는 게 더 효과적이라는 생각이었죠. 그런데 오늘 이 셰프님 현장을 보고 생각이 바뀌었습니다."

"……"

"원래는 이 셰프님 방송, 중국을 개척한 하루김밥집 사장님 회차분에 문제가 생기면서 거기 대타로 넣을까 싶었는데 창사 특집으로 밀어볼까 합니다."

"저를 창사 특집으로요?"

"어떻습니까? 저처럼 약선요리는 말장난이다라고 생각하는 사람들에게 경종 한번 울려보지 않겠습니까? 약선요리의 진가와 존엄 말입니다."

"피디님."

"아시다시피 요즘은 먹방이 대세입니다. 요리사에 대한 사회적 관심은 의사나 판검사 못지않습니다. 거기에 한의학적인 관점까지 겹치고 있고요. 요리와 의학의 완벽한 매칭, 이 셰프님이 그걸 입증한다면 약선요리 바람이 불지도 모릅니다."

"약선요리가 의학 자체인 건 아닙니다만."

"의식동원이라는 말이 있잖습니까? 아까 이규태 박사님께도 여쭤봤는데 음식이 원초적인 의학이라는 건 서양의학도 부정하기 힘들 거라고 하더군요."

"……"

"필이 꽂힌 까닭에 아까 휴게소에서 우리 편성국장님과 통화도 했습니다. 하지만 이분이 미국 생활을 오래 하고 오신 분이라 이 셰프의 약선요리에 대해서 잘 믿지를 않네요. 그것만 도와주시면 문제가 없을 것으로 봅니다."

"……."

"그분이 미국인 아내와 결혼을 하고 장모까지 모시고 온 사람입니다. 그런데 이 장모가 신장이 좋지 않은지 얼굴이 거무스름하게 변해 버렸습니다. 제가 하도 자랑을 했더니 요리로 그것도 가능하냐며 만약 가능하면 회차 변경을 허락하시겠다고……."

"테스트를 받으라는 겁니까?"

"테스트가 아닙니다. 출장 요리를 가시는 거죠. 오늘처럼요."

'출장 요리?'

"얼굴만 하얗게 되면 돈은 얼마든지 낸다고 하더군요. 그 양반이 본디 띠동갑 연하녀와 결혼하는 통에 아내와 장모밖에 모르는 사람인데 천만 원 베팅을 하고 나왔습니다."

천만 원.

컸다.

그렇잖아도 돈이 필요한 민규였다. 오늘 출장으로 받은 돈은 100만 원이었다. 휴게소에서 이규태가 쏴서 넣어주었다. 거절하지 않고 당당하게 받았다. 고질병과 더불어 기혈화통, 나아가 큰스님과 제자의 불화까지 정리했으니 그 이상의 가치를 했다고 생각한 까닭이었다.

"정말 천만 원입니까?"

"얼굴만 되돌려 준다면 2천, 3천도 지를 생각 같습니다."

"천까지는 필요 없지만 하죠."

두말없이 콜을 받았다. 방송이 특집극으로 나가건, 안 나가건 상관없었다. 가게를 개업할 때까지 팔자 늘어지게 놀 수는 없는 일. 여러 식재료와 장, 천연 양념에 약선 약재까지 구비하려면 돈이 많을수록 좋았다.

"잠깐만요."

손병기는 그 자리에서 국장에게 전화를 걸었다.

약속은 내일 저녁으로 잡혔다. 정말이지 추진력 하나는 핵미사일 같은 손 피디였다.

"내일 봬요. 파이팅입니다."

손병기가 떠나갔다.

'검어진 얼굴에 쓰일 약선요리라?'

민규의 기억 속에서 전생들의 정보가 활성화되기 시작했다.

*　　　*　　　*

"형!"

옥상에서 종규가 민규를 불렀다. 골목에서 파이버를 쓰던 민규가 위를 올려보았다.

"파이팅!"

종규가 주먹을 쥐어 보였다.

"다녀올게."

민규가 화답했다. 그러자 종규 어깨 너머로 거인이 인사를 보태왔다.

"파이팅이에요."

배구선수 문정아였다. 그녀의 손은 전봇대처럼 길어 보였다.

바릉!

똥토바이의 시동은 제대로… 걸리지 않았다.

'아, 진짜 모양 안 나게……'

다시 한번!

바릉!

이번에도 삑사리다.

'까짓것 움직이지 못하는 나무도 열 번은 찍어야 한다는 데……'

조바심 내지 않고 다시 시도했다. 맛을 창조하는 요리사가 똥토바이와 싸울 수는 없는 일이었다.

부릉!

이제 제대로 된 소리가 나왔다. 똥토바이는 바로 도로에 올라섰다. 돌아보니 종규와 문정아가 아직도 손을 흔들고 있었다. 문정아는 아침 약선을 쿨하게 비워냈다. 건강은 이제 본궤도에 올라섰다. 오늘은 병원에 간다고 했다. 얼마나 좋아졌는지 확인할 생각이었다. 그 좋은 기분의 유지를 위해 정화수로 씻어낸 샐러드를 만들어 주었다. 먹는 동안 그녀의 상지수창은 조금씩 더 맑아졌다.

종규와 재희, 문정아는 삼인방을 결성했다. 삼국지 흉내를 낸다고 이름도 정했다. '약선결의'였다. 재희는 어제 퇴원을 했다. 셋은 오늘 병원에서 만난다. 따지고 보면 시한부 목숨으로 꺼져가던 그들. 시들었던 화초가 살아나듯 생기 찬란한 모습으로 돌아왔다. 민규에게는 특별한 보람이었다.

"대박!"

어젯밤 계약서를 보면서 종규가 하고 또 하던 말이었다.

"대박!"

혜윤 스님 일화를 듣고 또 그 말이 나왔다.

"초대박!"

KTBC 창사 특집 편 이야기를 듣고는 아예 방방 뛰었다.

희망!

누가 뭐래도 그 단어는 민규와 종규 가슴에 꽃을 피우고 있었다. 3,000년에 한 번 핀다는 '우담바라' 못지않았다. 무엇보다 민규, 그 꽃을 결코 시들게 하지 않을 생각이었다.

'초자연수에 푹 담가서……'

풍성한 열매를 맺어야지.

똥토바이는 점점 속도를 올렸다.

*　　　　*　　　　*

"……!"

지점장실에서 방경환이 고개를 들었다. 녹채 비빔밥집 계약서 때문이었다. 단 하루 만에 받아 온 계약서. 지점장은 민규의 뚝심에 혀를 내둘렀다.

"부탁합니다."

민규는 겸손하게, 그러나 당당하게 말했다.

"대단하네요. 내가 이 건물 검색해 봤는데 매물로 나온 적이 없더라고요."

"맞습니다. 제가 건물주 마음을 홀렸습니다."

"약선요리로요?"

"이번에는 그림이었습니다."

"그림?"

"천명화 화백이라고… 타계하시기 전에 요리를 대접할 기회가 있었습니다. 요리가 마음에 든다며 그림 한 점을 주고 가셨지요. 다행히 건물주께서 천명화 화백 광팬이시더군요. 처음에는 언감생심에 요지부동이었지만 그림으로 딜을 던지니 받아주셨습니다."

"오!"

"이제 지점장님이 도와주실 차례입니다."

"기막히군요. 그렇다면 이 건물은 이 셰프의 가게가 맞을 거 같습니다. 건물에도 임자가 따로 있거든요."

"그렇게 되었으면 좋겠습니다."

"잠깐만요."

지점장이 전화를 들었다. 잠시 후에 차장이 들어왔다.

"우리 이 셰프 아시죠? 대출 건 좀 심사해서 도와주세요. 내 삶의 VIP시니 최대한 좋은 조건으로 골라주시고요."

"네."

안면이 있는 여자 차장이 지시를 받았다.

"그날은 고마웠어요."

상담실로 자리를 옮기자 차장이 웃었다.

"별말씀을……."

"그런데 생선 가시 말고 다른 건 혹시 안 되나요?"

"또 애로가 있으신가요?"

"제가 아니고 우리 계장인데 엊그제 캠핑장에서 귀에 벌레가 들어갔대요. 이비인후과에 갔는데도 나온 것 같지 않다고……."

"잠깐 볼 수 있을까요?"

민규 수락이 떨어지자 계장이 들어섰다. 30대 초반의 여행원이었다.

"느낌이 굉장히 안 좋아요. 자꾸 신경도 쓰이고……."

계장은 울상이었다.

귀에 들어간 벌레.

사실 요리의 영역은 아니었다. 하지만 불가능한 것도 아니었다.

"잠깐만 기다려 보세요."

민규가 잠시 자리를 떴다. 다시 돌아온 민규 손에는 사과식초가 들려 있었다. 가까운 마트에서 구해온 것이었다. 그걸 면봉에 적셔 벌레가 들어간 귓구멍에 발랐다. 그런 다음 티슈로 살며시 귓바퀴를 덮어주었다.

새콤!

신 냄새가 귀 안으로 퍼져갔다.

"어머!"

잔뜩 긴장하던 계장이 움찔거렸다. 티슈를 치우니 벌레가 보였다. 면봉을 이용해 벌레를 끌어냈다.

"어머어머……."

계장은 어쩔 줄을 몰라 했다.

"요리 말고 병원 차려도 되겠어요."

차장은 자기 일처럼 좋아했다.

덕분에 대출은 일사천리로 끝났다. 2억은 청년 사업 지원금으로 거의 무이자였고, 나머지도 최고 대우로 1.5% 적용을 받았다.

"꼭 성공하세요. 이거 우리 지점장님 직권 보증이거든요."

차장이 웃었다.

마지막 사인이 끝나자 통장에 대출금이 입금되었다.

'빙고!'

통장을 받아 든 민규, 액수를 보며 의지를 불태웠다.

"도와주셔서 고맙습니다. 지점장님 필생에 남을 투자가 될 수 있도록 최선을 다하겠습니다."

인사를 겸해 들른 지점장에게 고마움를 전했다.

"이 셰프."

"예."

"내가 왜 이 셰프를 지원하는지 알죠?"

"조금은……."

"사실 내가 파격 대출을 지시하니 다들 의아해했어요. 하지만 나는 지금 은행원 30여 년 동안 가장 흥분된 상태입니다. 그만큼 이 셰프에게 기대가 크다는 거예요."

"예……."

"궁중요리, 약선요리… 사실 전설 속으로 사라지고 있죠. 우리 증조할머니와 그 할머니 대만 해도 약선요리로 죽을병까지 고쳤다는데 이제는 그저 호기심 끄는 요리로 전락한 측면이 있어요. 그거 알죠?"

"예……."

"하지만 나는 생각해요. 약선요리야말로 우리 사회가 지키고 보존해야 하는 아름다운 유산이라고요. 하지만 유산이라는 건 명색만으로는 부족하죠. 어떤 가치가 사회적 유산으로 남으려면 많은 사람들에게 입증하고 공감을 받아야 합니다."

"……."

"그 기대를 이 셰프가 해주길 바라는 겁니다. 그 옛날의 식의들처럼, 그 옛날의 약선요리들처럼 최고의 정성에 최고의 맛, 지금처럼 먹어서 병이 되고 지방 축적이나 하는 즉흥 만족 요리가 아니라 정기가 되고 마음을 맑게 하는 요리 말입니다."

"……."

"이 셰프라면 해낼 것 같길래 직권 보증을 했습니다. 내 이런 판단이 잘못되지 않게, 더 많은 은행원들이 이런 케이스에 지원할 수 있도록 보란 듯이 성공해 주기를 바랍니다."

"지점장님!"

"개업하시면 제가 동기들이나 행장님 한번 모시고 가겠습니다. 그들에게도 제 판단이 옳다는 걸 깨닫게 해주면 고맙겠습니다."

"지정장님……."

민규, 콧등에 고추냉이가 들어온 듯 울컥 매워졌다. 대령숙수를 조상으로 둔 지점장. 그래서일까? 왠지 모르게 깊은 육수처럼 정감이 느껴졌다.

언제든 오세요.

이제부터 당신은, 내 VIP입니다.

민규 마음속에 그 말이 메아리쳤다.

*　　　*　　　*

"여깁니다."

가로등이 밝은 시간, 손병기의 차가 강변 아파트 단지에서 멈췄다.

"준비는요?"

손병기가 돌아보자 민규는 생수 통과 작은 가방을 들어 보였다.

"내용물은 비밀인가요?"

"오미자나 구기자, 백봉령 등 짐작되는 대로 몇 가지 집어왔습니다. 자세한 건 요리 드실 분을 봐야 하고 간단한 재료라면 저기 단지 내 상가에도 있을 겁니다."

민규 손이 가리킨 곳은 아파트의 상가였다.

"특별한 준비가 없어도 된다?"

"가능하면 그래야 하지 않겠습니까? 천 년 묵은 산삼이나 백 년 묵은 도라지로 약선을 만들면 그건 요리사 때문이 아니라 재료 때문으로 생각할 테니까요."

"이 셰프……."

"들어가시죠."

민규가 재촉했다. 손병기는 어깨를 으쓱해 보이고는 앞장을 섰다.

"어이쿠, 손 피디."

편성국장의 아파트 문이 열렸다. 국장이 직접 나와 손병기와 민규를 맞았다.

"이쪽이 제가 말씀드린 약선요리의 달인 이민규 셰프입니다."

손병기의 소개가 나오기 무섭게 민규가 인사를 했다.

"안녕하세요?"

국장의 아내와 장모도 인사를 해왔다. 국장의 아내는 초록 눈의 조각 미녀였다. 이제 마흔 줄에 접어들었지만 겉보기에는 30대 초반의 미모와 몸매를 유지하고 있었다.

국장의 아내는 채식주의자라고 한다. 그러다 보니 자연식에 대한 정보도 풍부했고, 그녀 스스로가 어머니를 위해 선식이나 약선요리를 만들 정도로 실전도 체험했다. 그래도 차도가 없자 인도의 기공사도 알아보았고 중국의 기 치료사도 만났다. 죄다 소득이 없었다. 그건 민규에게 좋은 일이 아니었다. 그녀 마음에 약선요리에 대한 한계가 그어졌을 수 있었다.

"얼굴이 검어졌으니 신장이 안 좋아. 신장을 보하는 약선요리를 꾸준히 해 먹으면 나아질 거야. 그 말 듣고 2년을 시도했지만 결과는 신통치 않았어요."

예상대로 아내가 도발을 해왔다. 약선요리를 접하고 내린 결론이었다. 장모를 보았다. 대리석처럼 흰 피부를 가진 딸에 비해 너무 검었다.

검은 얼굴.

신장이 좋지 않은 건 맞았다. 상지수창도 그걸 말해주고 있었다. 장모는 水형 체질이었다. 그러니 수형 체질에 좋은 밤, 수박을 자주 먹고 해초류와 미역, 마와 두부 등을 이용한 음식을 장

복하면 도움이 될 일이었다. 하지만 말처럼 쉽지 않았다. 며칠은 먹을 수 있지만 몇 달은 어렵다. 아무리 몸에 좋은 것이라고 해도 주야장천 먹는 건 엄청난 인내와 추진력을 동시에 필요로 했다.

슬프게도 장모의 고민은 신장에만 있지 않았다. 비위장이 함께 내려앉았다. 이런 경우라면 수극토(水克土), 즉 오행의 성질을 역이용하는 게 좋을 걸로 보였다.

"여사님."

민규가 본격 행동에 나섰다.

"Yes."

장모는 영어로 답했다. 그녀는 영어와 한국말을 함께 썼다. 민규의 영어가 장단을 맞춰주었다. 좋은 셰프가 되려면 영어에 불어, 중국어와 일본어까지 배워두면 좋다. 영어야 세계적인 언어지만 불어와 중국어, 일본어는 요리의 이해를 위해서도 조금씩 해두었던 민규였다.

"얼굴은 언제부터 까맣게 되었죠? 혹시 언젠가 심한 악취를 맡은 적 없으신가요?"

"심한 악취?"

"예. 빈정이 상할 정도로 역겨운……."

"악취라면… 아, 있어요."

장모가 손뼉을 치며 대답했다.

"그 왜 있잖니? 결손 아동 봉사 활동… 집안일 도와주러 갔더니 병에 걸린 그 집 아버지가 악취를 풍기고, 화장실 청소를 하려고 문을 열었더니 변기 안에 오물이 든 채로 막혀서 세 번이

나 토하고 왔던 날⋯⋯."

장모가 딸을 돌아보았다.

"그게 뭐? 나도 같이 토했잖아?"

"생각해 보니 그때 이후로 얼굴이 검어졌어. 몸도 조금씩 붓고 탈모도 많아지고⋯⋯."

"엄마!"

딸이 고개를 저으며 일축했다. 아무리 딸이지만 당사자가 아닌 것이다. 당사자가 아니라면 당사자처럼 간절하기 힘들었다.

"제 생각에도 그건 우연의 일치 같습니다. 만약 그게 전염병 같은 거라면 마리 얼굴도 같이 검어졌어야죠."

국장도 아내 편이었다. 그 역시 당사자가 아닌 까닭이었다.

"제가 보기엔 그때부터 시작된 게 맞습니다."

민규가 끼어들었다.

"화장실 악취 좀 맡았다고 얼굴이 검어진단 말이오? 그럼 화장실 청소하는 사람들은 다 검은 얼굴이 되어야 맞는 말 아니겠소?"

국장의 태클이 들어왔다.

"아무튼 알겠습니다. 잠깐만 기다려 주세요."

민규가 아파트에서 나왔다. 행선지는 단지 내 상가였다.

비장은 폐를 돕고 폐는 신장을 돕는다.

키가 훌쩍 큰 조팝나무를 올려보며 오행의 원리를 생각했다. 이 설을 따르면 민규의 약선은 비장부터 살려야 했다. 그런데 여기서 또 다른 길이 생각났다.

상극!

오행에서 상극은 해만 끼치는 게 아니다. 견제로써 유용할 때가 많았으니 지금이 바로 그때였다. 오늘의 약선요리 주제는 상극이었다.

지하 식품부로 걸었다. 뭐가 있을까? 정육점에서 3등급 한우 등심을 구했다. 희미하지만 옥수수와 귀리 냄새가 나는 고기였다. 나름 괜찮은 방목 환경에서 자랐고, 저지방이니 구수한 맛이 날 재료였다.

—약선너비아니.

첫 요리가 정해졌다. 사실 검은 얼굴을 해결하는 건 이 요리로 될 수도 있었다. 하지만 중요한 일이 걸렸으니 조금 더 쓰기로 했다. 식품부 쪽에 단호박이 보였다. 고구마도 있고 연근도 있었다.

'오케이.'

—백봉령단호박경단.

두 번째 메뉴도 결정되었다. 검은 얼굴에 대비해 신장에 좋은 백봉령을 가지고 온 까닭이었다. 단호박경단에 쓰일 재료 몇 가지를 골라 들었다. 밤과 잣, 건대추를 고르고 생마늘과 생파, 청양고추, 깻잎은 향이 강한 것으로 넉넉히 골랐다. 피할 것은 신 음식이었다. 당귀에 밀가루를 가리듯이 복령에는 신맛 재료를 가리는 게 좋았다.

"이 셰프."

아파트로 돌아오자 국장이 문 앞에서 기다리고 있었다.

"나 좀……."

그가 민규를 비상구 쪽으로 끌었다.

"어떻습니까? 진짜 가능하겠습니까?"

"걱정이 되십니까?"

"와이프 생각이 회의적이라서 말입니다. 그녀는 대단한 선사님이라도 오시는 줄 알았나 봅니다."

"그럼 머리 깎고 승복이라도 빌려 입고 올까요? 선사님만 약선 요리를 잘하는 것도 아닌데 말입니다."

"자신이 있으시다?"

"사모님의 우려는 너무 심려치 마십시오. 요리하는 걸 보면 마음이 바뀌실 겁니다."

"알았소. 그럼 잘 부탁합니다."

국장이 말은 거기까지였다. 손병기가 문을 열고 나온 것이다.

"제가 비켜 드릴까요?"

눈치 빠른 손병기가 국장에게 물었다.

"아닐세. 이 셰프가 혹시 우리 아파트를 못 찾나 싶어서."

국장이 민규의 어깨를 토닥거렸다. 괜한 우려에 대한 무마였다.

다닥— 다다닥!

주방으로 돌아와 요리를 시작했다. 소고기에 칼집을 넣은 후에 칼등으로 좀 더 다져주었다. 그런 다음 검은 부스러기를 듬뿍 뿌려놓았다.

"지금 너비아니 하는 거 맞나요?"

사모님이 참견을 하고 나섰다. 약선요리 강좌를 몇 번 들은 터라 아는 체를 하는 것이다.

"그 전에 맛보기로 나갈 구이입니다."

"그 검은 건 뭐죠?"

"소금입니다."

민규가 답했다.

"소금이 까매요? 불에 태운 건가요?"

"원래는 굵은 소금을 볶아 쓰는데 마침 좋은 걸 구해서 말이죠. 이게 붉나무소금입니다. 소금나무라고 들어보셨나요?"

"그런 게 있어요?"

사모님의 고개가 갸웃 기울었다. 약선강좌를 들었다지만 겨우 기본이나 배웠을 일. 게다가 한국 사람이 아니니 소금나무를 알리 없었다. 그건 한국에서 태어나 자란 사람도 모르는 경우가 많았다.

"이게 붉나무입니다. 하늘이 내린 소금나무죠."

민규가 검색 화면을 보여주었다. 붉나무 포스팅이었다. 붉나무는 오배자나무로도 불린다. 산야에 흔한 나무인데 꽃에 하얀 진액이 맺힌다. 진액은 짠맛이 난다. 이걸 녹여서 소금을 추출한다. 대개 8시간 녹이고 2시간 정도 달이면 검은색 진액의 소금이 된다. 흰색 진액이 검은색으로 변한 건 일종의 갈변 과정이다. 이렇게 만들어진 소금은 Na가 Free다. 짠맛이지만 소금과 차원이 다르다. 소금이 해로운 사람이 먹어도 큰 문제가 없는 것이다.

붉나무소금은 황창동에게서 구했다. 민규에게 제대로 당한 후로는 쓸 만한 약재가 들어오면 전화를 때리는 황 사장이었다.

"어머!"

살짝 맛을 본 사모님이 입을 쩌억 벌렸다. 그 짠맛은 사나운

짠맛이 아니었다.

"이거 한 컵 드시죠."

민규가 정화수와 요수 배합물을 장모에게 건넸다.

"물 생각은 없는데?"

장모가 어깨를 으쓱해 보였다.

"그냥 물이 아니고 오늘 요리의 전채입니다. 특별히 조제한 것이니 천천히 드십시오."

"조제를 했다고요?"

또다시 사모님이 끼어들었다. 그녀는 물을 반으로 나눠 먼저 맛을 보았다.

"어머!"

또 한 번 놀라는 사모님. 그 또한 그 집에 놓여진 최고급 정수기의 물과 댈 맛이 아니었다.

"약수예요?"

사모님이 물었다.

"예."

대답을 하며 부족한 물을 채워주었다. 장모가 천천히 물을 마시기 시작했다.

꼴깍!

첫 모금은 조심스러웠다. 하지만 이내 초자연수를 비워내는 장모였다. 전채(?) 코스는 그렇게 끝이 났다.

"자, 첫 요리가 나왔습니다."

민규가 약선등심구이를 내놓았다. 꿀과 마늘가루를 넉넉히 넣어 만든 간장소스를 발라 살짝 구워냈다. 접시 한편에는 얇게 저민 생마늘과 생파채, 깻잎과 방아잎 등이 가지런히 배치가 되었다. 냄새는 그럴듯하지만 고기는 얄팍했다. 게다가 쌈 재료로 세팅한 양이 너무 많아 정신이 없었다. 아무리 봐도 삼류식당 쪽 그림이다. 요리사의 작품 같지 않았다.

"쌈 재료를 너무 많이 내놓은 거 아니에요?"

사모님 미간이 살포시 구겨졌다. 마음에 들지 않는 것이다.

"죄송하지만 아직 다 나오지 않았는데요?"

민규의 손은 계속 움직였다. 저민 마늘이 이어지고 생파채가 꼬리를 물었다. 깻잎과 방아 역시 다지고 썰어낸 것까지 식탁에 쌓였다.

향……

진동을 했다. 깻잎도 향이 강하지만 방아의 향도 만만치 않았다. 거기다 마늘과 생파채까지 냄새를 풍기니 눈이 매울 지경이었다.

"셰프님!"

결국 사모님이 폭발 직전까지 치달았다.

"쉬잇, 약선식 배우셨다니 아실 거 아닙니까? 약선요리는 평안한 마음으로 드셔야 효과가 좋습니다."

민규가 조용하라는 사인을 냈다.

"뭐라고요?"

"쉬잇!"

민규가 한 번 더 강조했다.

"……!"

어이를 상실한 사모님이 국장과 손병기를 바라보았다. 거실 쪽의 국장이 일어서려 하자 손병기가 그 팔을 잡았다.

"기왕 맡긴 일이니 좀 더 지켜보시는 게 좋지 않겠습니까?"

"손 피디."

"이 셰프가 무슨 생각이 있을 겁니다."

"끄응!"

국장은 신음을 삼키며 제자리에 앉았다.

향(香)!

점점 그윽해졌다. 생마늘의 매운 향과 생파채의 매운 향. 더불어 썰어놓은 깻잎과 방아에서 나는 향 또한 지천이 되었다. 그 풍미는 춤을 추듯 장모를 둘러싸고 있었다.

"셰프."

장모도 황당하기는 마찬가지였다. 불편한 쌈 재료에 얇아터진 등심구이. 이건 썰 기분도 나지 않는 허접한 구성이었다. 인상이 저절로 구겨졌다. 그 표정과 반대인 사람은 민규뿐이었다. 장모의 얼굴색이 임계점에 다다르고 있었다.

'들숨 세 번.'

민규는 임계점의 기폭 순간을 계산하고 있었다. 장모의 얼굴색이 원래대로 돌아갈 향의 농도…….

임계점…….

두 번.

임계점…….

한 번…….

"셰프!"

거기서 사모님의 인내심이 바닥을 드러내면서 목소리가 두 옥

타브나 올라가 버렸다.

"잠깐만요."

민규가 그녀를 막았다.

"뭐가 잠깐이에요. 이런 약선은 듣도 보도 못 했어요. 당장 치우고 나가주세요."

"오래 기다리셨습니다. 첫 요리의 식사는 끝났습니다."

그 순간, 민규가 길을 내주며 답했다. 식재료의 향이 마침내 임계점에 도달한 것이다.

"……?"

사모님의 핏대 게이지가 확 올라갔다. 마치 농락당하고 있다는 생각 때문이었다.

"이봐요. 쇼 그만해요. 도저히 더 못 봐주겠네요."

사모님이 칼각을 세웠다.

"죄송하지만 저를 보지 마시고 어머니를 보신 후에 말씀하시면 안 될까요?"

민규는 칼각을 아랑곳하지 않았다.

"우리 엄마요?"

사모님의 시선이 장모에게 돌아갔다.

"악!"

바로 비명이 나왔다.

"왜? 내 얼굴 뭐가 잘못됐어?"

장모가 얼굴을 감싸며 물었다.

"그게 아니라… 엄마, 잠깐만… 세상에……."

어머니의 얼굴을 잡은 사모님이 경기를 했다.

"왜 그래?"

국장이 다가왔다.

"허니, 우리 어머니 좀 봐요. 얼굴이… 얼굴이……."

"……!"

장모 얼굴을 확인한 국장도 얼어붙어 버렸다. 장모의 얼굴, 아까의 거무스름한 모습이 아니었다. 안개가 걷히듯 검은빛이 사라진 것이다.

"오, 마이 갓!"

거울을 쥐여주자 장모가 비명을 질렀다. 물론, 행복한 비명이었다.

"셰프, 어떻게 된 거죠?"

사모님이 민규를 바라보았다.

"이 요리는 향 요리였습니다. 혹시 약선 배우시면서 오행에 대해 들어보셨습니까?"

"맛보기로요."

"아까 말했듯이 어머니 얼굴이 검어진 건 악취가 원인인 게 맞습니다. 그로 인해 신장이 병들었지만 현대 의학적인 관점이 아니기에 병원에서 해결을 못한 겁니다. 검은색이나 신장, 악취는 오행상 水에 속하죠. 하지만 향은 土에 속합니다. 수극토라고 수를 이기는 토의 성질을 이용해 강한 향으로 신장을 도와 얼굴을 원상태로 돌린 겁니다."

"……!"

"그러니까 첫 요리는 향을 먹는 요리였습니다. 소고기는 단지 모양으로 냈으니 좀 큰 고명이라고나 할까요?"

"맙소사!"

"그럼 조금만 기다려 주십시오. 이제 제대로 된 요리를 올리겠습니다."

민규가 돌아섰다. 이번에는 제대로 된 너비아니가 나왔다. 너붓너붓 썰었지만 정성이 담겼고, 장모의 체질에 맞춰 짠맛 붉나무소금을 제대로 쳐주었다.

"짭쪼롬한 게 입에서 살살 녹네?"

장모는 쉴 새 없이 고기를 집어 먹었다. 사실 강한 향의 효과는 얼굴색만 건드린 게 아니었다. 향은 저절로 흩어지고 퍼져 나간다. 몸 안으로 들어가면 스트레스를 흩어뜨리고 막힌 곳을 뚫어 소화를 촉진한다. 이미 요수를 마셔 비위 보강과 함께 식욕이 올라온 장모. 강력한 향으로 막힌 곳이 뚫린 데다 얼굴에 대한 스트레스까지 사라졌으므로 식욕이 용솟음을 쳤다.

'소화 능력 D.'

민규는 상지수창을 기억하고 있었다. 소화 능력을 고려하면 과식은 좋지 않을 일. 그러나 오래된 체증이 뚫리고 요수의 힘도 있기에 소화 능력 B 레벨에 맞춰 요리의 양을 조절해 주었다.

다음은 백봉령단호박경단이었다.

백봉령은 신장의 묘약이다. 그와 조화를 이루는 단호박과 고구마, 연근 등의 식재료 역시 수극토의 연장에 있는 재료였다. 신장을 보하는 한편, 얼굴에 핀 검은 꽃의 씨를 말리려는 의도였다.

경단이 나왔다.

"흠흠!"

장모는 냄새부터 탐색했다.

"한약 냄새가 안 나네?"

입꼬리가 살짝 위로 올라간다.

짝짝!

장모 손에서 박수가 나왔다. 플레이팅은 소박하면서도 단아한 요리. 그러나 한약 냄새를 달가워하지 않는 그녀였기에 마음이 놓인 것이다.

사모님의 눈도 함께 휘둥그레졌다. 백봉령단호박경단은 황색 옷이 선명했다. 호박과 고구마 때문이었다. 단호박은 씨까지 오븐에 구워 가루로 투입했다. 식품은 전체를 먹어야 더 큰 효과를 보기 때문이었다. 단호박과 고구마를 쪄내 연근가루, 구기자 가루를 살짝 섞어 으깼다. 재료를 섞은 다음에 경단 모양으로 빚어 잣가루와 생밤 다진 것을 부드럽게 입혀내고 돌려 깎아 쪄 낸 대추살을 고명으로 올렸다.

접시는 투박한 검은색으로 골랐다. 그 위에 얇게 깎아낸 단호박 껍질을 엎어놓고 위에다 경단을 세팅했다. 검은 배경에 초록 껍질. 그 위에 흰 겉옷을 입고 올라앉은 노란 경단, 다시 그 위에 포인트로 올라간 붉은 대추 고명은 시선을 강탈해 갔다.

경단 8개는 눈 깜짝할 사이에 사라졌다. 그러고도 장모는 포크를 놓지 않았다. 예비로 남겨두었던 두 개를 마저 올려주었다.

"땡큐 베리 머치, 셰프!"

장모는 반색을 하며 두 개를 한입에 넣어버렸다.

"엄마!"

사모님이 장모를 껴안았다. 이렇게 맛나게, 이렇게 많이 먹은 것은 그녀의 어머니가 한국에 온 이후로 처음 있는 일이었다.

"너무 행복해. 요리가 내 안에서 연주를 하는 것 같아. 들리지 않니?"

장모가 일어나 가볍게 춤을 췄다. 그녀는 요리에 제대로 취해 있었다.

"손 피디!"

그 광경을 본 국장이 소리쳤다.

"이민규 셰프, 무조건 잡아!"

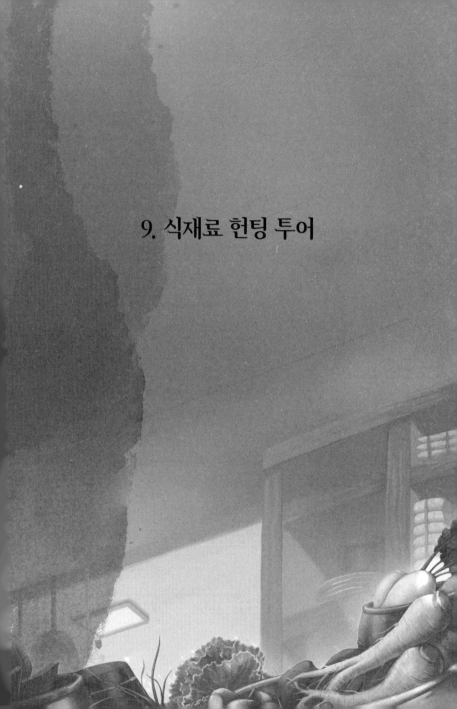

9. 식재료 헌팅 투어

나흘 후, 성남 모란시장 주차장에 귀염 돋는 1톤 탑차가 멈췄다.

초빛약선요리.

탑차에 새겨진 디자인 로고가 선명했다.

흰 배경의 한쪽에는 약재와 쌀, 산야초 이미지가 있고 정화수 한 그릇이 강조되어 있었다. 차에서 민규가 내렸다. 운전석에서는 종규가 나왔다.

"아무리 봐도 죽이는데?"

차를 보는 종규의 눈빛이 뿌듯했다.

"당연하지. 우리 제1호 보물 창고니까."

민규가 종규 뒤에서 동생의 어깨를 짚었다.

"어, 잠깐만 그대로요. 사진 한 컷 갑니다."

뒤에서 소리치는 사람은 손병기였다. 그는 카메라 기자 오필호와 작가를 대동하고 있었다.

"드디어 초빛약선요리의 역사가 시작되는 겁니까?"

손병기가 장터를 보며 물었다. 4일과 9일에 장이 서는 모란장은 아침부터 열기를 뿜고 있었다.

"역사는 진작 시작되었죠."

민규가 답했다.

이제부터 시작되는 장터와 사찰 순례였다. 녹채 보리밥집의 잔금은 이틀 전에 치르고 마무리를 지었다. 지금은 내외부 수리가 진행되고 있었다. 그 기간을 이용해 전국 장터 순례에 나섰다. 약재도 사야 했고, 좋은 식재료와 더불어 말린 산나물들, 장도 구해야 했다. 약선에 있어 좋은 장은 상징이자 필수이기 때문이었다.

그 계획을 들은 손병기가 동행을 제의했다. 옆에서 지켜보며 자료 화면도 보강하고 디데이의 밑그림을 완성해 보겠다는 생각이었다. 민규의 여정을 방해하지 않는다는 옵션을 붙여 동행을 수락했다. 그 투어의 시작이 모란시장이었다.

장터를 돌았다. 장터는 원래의 자리에서 살짝 옮겨 앉았다. 볼 것은 많지만 민규가 원하는 그림은 별로 없었다. 어떻게 보면 서울의 재래시장 하나가 하루 자리를 옮겨온 것도 같았다. 민규가 원하는 건 자생 약재나 소규모 농작물들. 하지만 그런 보물을 찾는 건 하늘의 별따기만큼이나 어려웠다.

신나는 건 먹자골목이었다. 노년의 어르신들은 아침부터 신명이 났다. 파전 굽는 냄새에 막걸리 냄새에, 와자지껄한 풍경만은 제대로 장터였다.

자루 안에 바리바리 담긴 민간 약재들을 만지다 일어섰다. 성남이 대도시라서 그럴까? 가까운 맛에 스타트를 끊었지만 대물 사냥은 헛물로 끝날 판이었다.

종규와 함께 만두를 사 먹었다. 스탠딩이었다. 가격 대비 가성비가 좋았다. 만두소에서 MSG 맛이 나지 않았다. 주인이 정성껏 만들었다는 반증이었다. 3인분을 더 사서 피디 팀에 넘겨주었다.

"와아, 아까 사 먹은 거보다 나은데요?"

작가가 흡족한 표정을 지었다. 그때 저만치 난전 약재상 쪽에서 큰 소리가 울렸다.

"에이, 씨… 안 사려면 말지 왜 뒤적거리고 지랄이야?"

"아, 만지지도 못해?"

"그러니까 왜 주물러 대냐고? 풍기 산골 우리 처가 장인이 딴 거라고 몇 번을 말해? 사람 말 못 믿어?"

"여보쇼, 하도들 산초를 가져다가 초피라고 팔아대니까 그러지."

주인과 손님의 다툼이었다. 민규가 보니 진짜 초피였다. 모양과 색, 산지와 채집 시기 등도 아주 좋았다.

'대박!'

내심 쾌재가 나왔다. 허탕인 줄 알았더니 그게 아니었다. 싸움이 잦아들길 기다렸다가 초피 자루를 집어 들었다.

"얼마예요?"

"빈정 상해서 안 팔아요. 에이, 씨… 이놈의 장인어른, 집에서 나 약 삼아 드시라니까 괜히 보내가지고……."

열받은 주인이 자루를 묶어버렸다.

"이거면 될까요?"

민규가 그 앞에 10만 원을 내밀었다. 돈을 본 주인의 동작을 멈췄다.

"제가 들고 가겠습니다."

돈은 주인 품에 찔러주었다. 주인은 뭐라고 하려다가 입을 다물었다. 10만 원, 손해 보는 일은 아니었다. 게다가 한꺼번에 털어가니 장사꾼으로서는 시원한 일이었다.

이 수완은 전에 일하던 식당에서 배웠다. 그 식당 주인은 늘 빳빳한 현찰을 가지고 다녔다. 그러다 가격 차이가 나면 현찰부터 찔러 버렸다. 어찌 보면 돈은 요리와 통한다. 입으로 얼마, 얼마 하는 것과 진짜 돈을 내미는 건 다르다. 입으로 요리 이름을 말하는 것과 직접 그 요리를 먹는 건 다른 것이다.

"산초 아닙니까?"

탑차 앞에서 손병기가 물었다.

"초피입니다. 제피라고도 하죠."

"산초하고 다릅니까?"

"다르죠. 초피는 봄에 꽃이 피고 산초는 여름에 핍니다. 초피는 향이 진하고 산초는 비릿하죠."

"그러니까 이게 진퉁 산초라는 겁니까?"

"굳이 설명하자면 그럴 수 있죠."

민규가 열매 몇 알을 피디의 코에 대주었다.

"흐흠, 진하네요. 알싸알큰하다고 해야 하나?"

"맞습니다. 추어탕이나 민물고기 요리의 향신료나 김치 담글 때 넣기도 하는데 이런 걸 넣어야 제맛이 나는 법이죠."

"어디."

종규가 나서 초피를 맛보았다.

"으앗, 쌔에한 게 뇌수를 콕 쪼면서 혈관을 살짝 조였다 풀어 주는 느낌인데?"

"······!"

뜻밖의 디테일한 평에 놀라는 민규. 그러고 보니 종규도 원래 미각이 좋은 편이었다. 아프기 전에는 만두에 들어간 돼지고기가 수입인지 국내산인지까지 알아맞히던 미각 귀신. 난치병 때문에 미각 찾을 여유가 없었던 종규. 몸이 좋아지니 미각도 함께 살아난 것이다.

"그런데 왜 산초를 쓰는 거죠?"

손병기의 질문이 이어졌다.

"전에는 초피를 썼죠. 그러다 일제강점기 이후부터 산초가 득세를 했습니다. 고춧가루의 대중화로 고춧가루가 초피를 밀어낸 것도 한몫을 하겠죠. 그러다 보니 이제는 아예 산초가 초피 행세를 하고 있습니다."

"그런데… 성남시에 초피나무가 있을까요? 아무래도 중국산?"

"토종이 맞습니다. 본초강목에서는 진나라에서 난다고 진초라 하는데 우리 것만은 못하죠."

"본초강목도 공부했습니까?"

"우리나라 책으로 갈까요? 동의보감 탕액편에도 나오는데 성질이 따뜻하고 맛은 맵다고 합니다. 효능을 보면 이를 튼튼하게 하고 눈을 밝게 하며 머리털을 빠지지 않게 한다는… 나무로 젓가락을 만들어 써도 좋죠."

"어, 그럼 제가 먹어야 해요. 저 요즘 탈모 때문에 스트레스를……."

오필호 기자가 손을 들고 나섰다.

"탈모는 시간 날 때 제가 해결해 드리죠. 대신 그림 잘 나오게 찍어주세요."

민규가 딜을 날렸다.

"으아, 정말입니까?"

오 기자가 반색을 하고 나왔다.

"그럼요. 약속드리죠."

"저, 저는요? 편두통도 되나요? 특정 시간만 되면 편두통이 심해서요."

이번에는 김 작가가 손을 들었다.

"에이, 그건 김 작가가 머리를 많이 쓰니까 그런 거잖아?"

피디가 슬쩍 제동을 걸었다.

"상관없습니다. 어차피 며칠 같이 다니셔야 할 테니 함께 해결해 드리죠."

"와우!"

작가가 손뼉을 치며 좋아했다. 탈모와 편두통. 어차피 민규의 초자연수 효능 안에도 있는 일이었다.

'초자연수나 볶지 않은 검은 참깨로 짠 기름.'

일단 두 가지 방안이 떠올랐다.

검은 참깨로 짠 기름이라면 탈모를 치료한다. 거기에 증기수를 더하면 머리털이 자란다. 편두통은 냉천수로 씻어낼 수 있었다.

"흠흠!"

조수석에 앉아 초피 열매 한 알의 냄새를 곱씹었다. 산천을 가득 머금은 향이 마음에 들었다.

"부셰프, 출발하지?"

운전대를 잡은 종규에게 말했다. 종규는 이제 운전을 책임지게 되었다. 아직은 면허증에 인쇄 잉크도 마르지 않은 초보. 그러나 바이크 감각이 있어 크게 애로가 없었다. 게다가 종규가 원한 일……

"나도 뭔가 기여를 해야지."

종규의 말은 절실했다. 혼자 두고 가는 것도 뭣해서 운전대를 맡겨 버렸다.

부릉!

시동이 걸렸다. 요리서를 폈다. 틈만 나면 요리서를 본다. 전생들의 분투에 부끄럽고 싶지 않았다. 대도시 5일장에서 초피 득템… 첫출발치고는 나쁘지 않았다.

다음 코스는 평창군이었다. 그곳의 대화장 역시 4, 9일장. 약초와 산야초, 곡물, 마늘 등이 많이 거래되는 곳이었다. 약선에 많이 쓰이는 오미자와 구기자, 두충 등을 구했다. 특히 두충과 구기자는 심산유곡의 정기가 제대로 깃든 진품을 만났다. 두충은 기력 증강, 정력 향상에 좋다. 민규는 상인이 부르는 대로 값을 치렀다.

　돈을 생각하면 중급을 사서 초자연수로 보완할 수도 있었다. 하지만 근본이라는 게 있었다. 근본이 좋으면 최상의 성분으로 살려내지만 근본이 그저 그러면 최상을 기대할 수 없었다.

　여기서도 기대하던 장(醬)은 구하지 못했다. 몇몇 된장과 막장은 공장 출신이었다. 자기들이 직접 담갔다고는 하지만 민규의 여덟 가지 선별력에 걸렸다. 그 또한 MSG의 향연일 뿐이었다.

　'월송사.'

　그래도 기댈 언덕은 남아 있었다. 이 절은 장맛으로 유명한 곳이었다. 장터 구석에서 소품 몇 개를 구해 시골길을 달렸다. 소품은 개업 가게에 쓸 멍석이나 뒤주, 여물통, 맷돌, 소나무 절구통, 대나무 공예품 같은 것들이었다. 그 장터 구석에도 해초가 있었다. 그걸 보니 문득 이모 생각이 났다.

　'이모도 한번 뵈어야 할 텐데……'

　끼익!

　작은 다리가 나오자 앞서 달리던 손 피디 차량이 멈췄다.

　"물이 맑은데 잠깐 쉬었다 가지요?"

　"알겠습니다."

　민규가 그 말을 받았다. 물은 맑고 맛도 좋았다. 장에 대한 기대가 커졌다. 장이 맛있으려면 세 가지 주요 조건이 필요하다.

　좋은 콩.

　좋은 물.

　좋은 소금.

　이 지역은 과거 콩 농사로 유명했다. 물은 아직도 좋다. 숲이 청정하고 울창한 걸 보니 이슬도 많이 내리는 지역. 네 번째 조건으로 꼽을 수 있는 습도, 온도에 이슬이 있으니 더할 나위 없었다.

주변을 돌아보다 뜻밖의 대물을 만났다. 표고버섯이었다. 언덕 위에 자리한 집 마당에 뭔가를 말리는 게 보였다. 민규의 호기심이 그냥 있지 않았다.

"……!"

마당에 들어선 민규의 두 눈이 번쩍 뜨였다.

'대박.'

감탄이 절로 나왔다. 마당에 말리는 건 표고버섯이었다. 흔한 표고버섯에 왜 감탄이냐고? 상품 표고버섯에 싱그러운 햇빛 건조. 최상급 표고버섯의 상징이기 때문이니 이는 산골 마당이나 지붕에 널어 말린 태양초의 위력과도 같았다.

표고버섯!

건조해야 맛이 좋아진다. 그걸 안 상인들은 표고버섯을 건조기에 때려 넣는다. 하지만 이런 표고버섯은 비타민 D가 거의 제로에 가깝다. 표고는 뇌졸중이나 심장병에도 좋지만 이 역시 햇빛 건조 제품과 비교 불가였다.

"우리 아들이 표고 농사를 하려고 재배했는데 양이 많지 않아 도매 거래를 못 트는 바람에 조금씩 팔다가 남은 걸 말리고 있어요."

주인이 나와 울상을 지었지만 민규에게는 행운이었다. 더구나 그 양은 민규 개인에게는 적은 편도 아니었다.

"제가 전부 사드리죠."

민규는 기꺼이 지갑을 열었다. 표고버섯은 천연 양념으로 제
격이기 때문이었다.

득템을 한 후에 작은 냇가에서 쉬었다. 맑은 여울에는 갈겨니
가 많았다. 알록달록한 무지개 혼인색을 보며 사과를 먹었다.

아삭와삭!

카메라 기자 오필호는 사과 킬러였다.

"또 먹어요?"

아직 반도 못 먹은 손 피디가 기자를 바라보았다. 그는 벌써
세 개째였다.

"내가 木형 체질이잖아? 신 걸 많이 먹어야 좋다고 그러더라
고."

와삭!

그는 쉬지 않았다.

"어머, 木형이세요? 저는 土형이라 사과가 잘 안 받는다고 하
던데……."

김 작가가 끼어들었다.

"이 셰프님, 저 두 사람, 맞는 말입니까?"

손 피디가 민규를 바라보았다. 기자는 40대 후반이고 김 작가
는 30대 초반이었다.

"저 목형 맞죠? 전에 책에서 배운 건데……."

김 작가가 목소리에는 확신이 들어 있었다.

하지만!

민규의 대답은 다르게 나갔다.

"두 분 다 틀렸습니다."

"예?"

기자와 작가가 세트로 소스라쳤다.

"거꾸로 알고 계시네요. 기자님은 土형이고 작가님은 木형입니다. 그러니까 기자님은 신 사과를 먹으면 몸을 해치니 배나 감을 드시는 게 좋습니다. 작가님은 반대로 사과를 많이 먹으면 좋고요."

"예?"

두 사람의 표정이 황당 모드로 변했다. 믿기지 않는다는 표정이었다.

"내가 어릴 때부터 사과 유전자거든요. 중고교 때는 앉은 자리에서 부사를 20개 이상 먹은 적도 많습니다. 그게 다 저랑 맞으니까 들어가는 거 아닙니까?"

기자의 논리적 반발이 나왔다.

"젊을 때는 체질이 확실히 구분되지 않을 수 있습니다. 아무거나 먹어도 큰 탈이 없을 수 있으니까요. 하지만 나이를 먹으면 슬슬 구분이 되지요. 기자님, 혹시 대장이 약하지 않습니까?"

"대장요? 나 얼마 전에 대장 내시경 진료를 받았는데 작은 덩어리 하나 없이 깨끗했어요."

"큰 병 말고요, 혹시 설사나 과민성, 치질 같은 건요?"

"과민성?"

"아, 맞다. 기자님 과민성 대장 증상이잖아요? 에어컨 바람만 나오면 질색을 하시고……."

작가가 끼어들었다.

"신 거 줄이고 단 거 많이 드세요. 그럼 과민성 대장 증상 사라집니다."

"저는요?"

또다시 작가의 출현.

"작가님은 목형이니 신 걸 많이 드셔야 합니다. 아니면 머잖아 비위장이나 대장에 애로 사항이 작렬할 테니까요."

"어머, 정말요?"

작가가 소스라쳤다.

"왜? 벌써 문제야?"

이번에는 기자의 반격이었다.

"조금요……."

작가가 말을 흐렸다. 이미 징조가 나타난 것이다. 민규는 상지수창을 통해 알고 있었다. 하지만 공연히 공표할 이유가 없기에 언질만 띄우고 있었다.

"제가 이따 저녁에 시간 남으면 체질을 증명해 드리죠."

민규가 마무리를 했다.

"아이고, 벌써부터 저녁이 기다려지네. 탈모에 체질에… 이번 출장 스케줄은 대박이네."

오 기자는 기대감을 감추지 못했다.

*　　　　*　　　　*

"어서 오십시오."

월송사에 들어서자 마중 나온 동자승이 민규 일행을 맞았다. 광보 스님에게 물어보기만 했는데 그새 당부 전화까지 간 모양이었다. 절 앞쪽의 연못에는 연잎이 풍성하고 뒤로는 대나무 숲이 보였다. 사찰 자리로는 그만인 곳. 그렇기에 장맛도 잘 드는 모양이었다.

"광보 스님이 연락하셨더군요. 혜윤 스님의 은인 셰프님이시니 극진히 모시라고요."

방장도 친절했다. 40대 초반의 스님은 마침 밥 지을 쌀을 퍼 담고 있었다. 월송사를 방문한 손님들을 위한 산채김밥용이었다. 월송사 절간에는 손님이 많았다.

"제가 뭐 도울 일 없을까요?"

주방에 들어섰으니 그냥 볼 수만은 없었다. 게다가 하룻밤 신세를 질 형편이었다.

"아이고, 광보 스님 말씀이 요리에서는 부처님 손이라던데 도와주십시오. 제가 명색이 방장이지 법명이 건성이라 건성건성입니다."

방장이 너스레를 떨었다.

민규가 밥을 맡기로 했다. 김밥은 밥이 생명이기 때문이었다. 쌀을 씻었다. 늘 하던 대로였다. 첫물은 빨리 씻어낸다. 그래야 쌀의 잡내가 쌀에 스며드는 것을 막을 수 있다. 박박 문지르지는 않는다. 쌀이 아파한다. 쌀은 죽은 생명이 아니다. 쌀은 살아 있고 몸 안에 들어가도 살아 있다. 지금 우리 몸을 덥히는 이 따뜻한 온기와 혈액, 정기, 진액, 체액… 다 쌀의 혼인 것이다.

밥물은 정화수에 요수를 더해 안쳤다. 기대가 되는 건 무쇠솥과 아궁이었다. 최고의 밥이 될 수 있는 조건을 갖춘 것이다. 불은 보살이 피웠다. 민규는 조절만 할 뿐이었다. 콜록콜록 기침과 눈물은 몇 번 보태주었다.

'김…….'

민규는 솥에서 새어 나오는 김과 냄새로 밥을 가늠했다. 이제 완성이었다.

"다 된 것 같습니다."

민규가 방장에게 말했다. 김밥 속을 만들던 방장이 뚜껑을 열었다.

스릉!

무쇠솥 뚜껑은 열리는 소리도 신비롭다. 동시에 푸짐한 김과 함께 밥의 신비가 펼쳐졌다.

"으헛!"

"어머낫, 세상에!"

방장과 보살이 자지러졌다. 무쇠솥 안의 밥은 찰기에 더불어 기름이 좌르르 흘렀다. 알알이 깃든 쌀의 정수와 윤택함. 그 정갈함이란 부처님의 대자대비한 미소와도 다르지 않았다.

"으헛!"

"어머!"

둘은 한 번 더 놀랐다. 이번에는 시식이었다. 혀에 착착 감기며 맴도는 감미로움. 그들이 일찍이 맛보지 못한 밥의 극락이 거기 있었다.

손 피디와 김 작가도 맛을 보았다. 그들 역시 경악을 피하지 못했다. 김이고 나발이고 필요 없을 것 같았다. 제작진은 한 공기씩 얻어 들고 은행나무 아래의 평상에서 요기를 했다.

"이 셰프님, 이 셰프님."

잠시 후, 방장이 허겁지겁 달려왔다.

"왜 그러시죠?"

민규가 문을 열었다.

"아이고, 김밥은 빅 히트인데 큰 사고가 났습니다."

"큰 사고라고요?"

민규가 벌떡 일어났다.

*　　　　*　　　　*

"여깁니다."

방장이 보살들 방을 가리켰다. 안에는 두 사람이 고통에 겨운 얼굴을 하고 있었다.

"김밥이 맛나다고 너무 급히 드시다가 급체가 온 것 같아요. 절에 있던 소화제 먹이고 손가락을 땄는데도 큰 차도가 없네요."

늙은 보살이 울상을 지었다.

"제가 좀 보겠습니다."

민규가 안으로 들어섰다. 두 보살의 몸은 식은땀덩어리였다. 상지수창을 보니 비위장의 수막창이 불안하게 빛났다. 급체가 틀림없었다.

"손가락 뭘로 따셨어요?"

"여기 수지침으로……."

늙은 보살이 수지침 통을 내밀었다. 민규가 그걸 받아 들었다. 두 보살을 편하게 눕히고 손등의 합곡혈과 발의 공손혈을 찔렀다. 그러자 두 보살이 트림과 함께 긴장을 풀었다.

"아이고, 살 것 같네."

보살들 입에서 한숨이 나왔다. 고통에서의 해방이었다.

"이것 참… 이제 보니 침술도 요리에 못지않으시군요?"

방장의 입이 쩌억 벌어졌다.

"아닙니다. 요리를 하다 보니 체한 것 정도 해결하는 솜씨죠. 제가 만든 밥을 맛나게 드시다 그랬다니 책임감도 있고……."

"그건 맞아요. 무슨 놈의 김밥이 그렇게 맛이 좋대요?"

급체의 주인공 중 하나가 입맛을 다시며 말했다.

"아유, 그 김밥이 다르긴 다른가 보네. 그 혼이 나고도 또 김밥 타령이니."

"하하핫!"

늙은 보살의 말에 남은 보살들이 웃음보를 터뜨렸다. 해프닝이 수습되는 순간이었다.

"그럴 만하죠. 밥에 그런 맛이 있는 줄은 저도 몰랐습니다. 아직도 머리에서 지워지질 않으니까요."

돌아온 민규에게 급체 상황을 전해 들은 오 기자가 폭풍 공감을 표했다.

"아!"

그때 김 작가가 옆머리를 누르며 인상을 찡그렸다.

"편두통 강림이야?"

손 피디가 물었다.

"네, 저 약 좀 먹고 올게요."

일어서는 김 작가를 민규가 눌러놓았다.

"제가 약을 만들어 오죠."

민규가 대신 일어섰다.

잠시 주방의 불을 빌렸다. 그래도 명색이 요리사. 초자연수만 달랑 내밀 수 없어 단품 하나를 요리했다. 멥쌀을 맷돌에 돌려 반죽한 후 구워낸 조호전이었다. 간단히 말하면 쌀호떡이지만 엄연히 수문사설 등의 옛 문헌에 나오는 전통요리였다. 편두통을 위해 냉천수를 소환했다. 작가가 木형이므로 잣 다섯 알을 눌러 부치니 약선조호전이 완성되었다.

'가만……'

내친김이었다. 주방을 둘러보니 기름이 여럿 보였다. 그중에 검은 참깨로 짜낸 기름도 있었다. 민규가 확인에 들어갔다.

"이 기름이 볶아서 짠 건가요? 그냥 짠 건가요?"

"그냥 짰습니다. 안 볶고 짜면 변비에 좋다고 해서요."

방장이 반가운 답을 내놓았다. 볶지 않고 짜낸 검은 참깨의 기름은 변비는 물론 탈모에도 유익하다. 검은깨가 좋은 건 신장 때문이었다. 남자의 탈모는 대개 신장이 약해져서 생기는 것. 검은색은 신장의 상징색이니 신장에 좋은 식품이었다.

기자를 위한 '탈모 조호전'도 같이 준비를 했다. 반죽 물에는 머리털을 자라게 하는 증기수를 떨구고 팬에는 검은깨 기름을 둘렀다.

완성된 조호전의 포인트는 돌려 깎은 대추살로 꾸몄다. 土형을 위한 서비스였다. 하지만 결국 한 장을 더 굽게 되었다. 손 피디 몫이었다.

"편두통에 직빵인 약선조호전입니다."

은행나무 아래로 돌아온 민규가 작은 접시를 내밀었다. 요리는 승복처럼 단순명료했다. 투박한 질그릇에 올라앉은 흰 조호전 하나. 장식은 초록 깻잎 한 장이었다. 녹색은 木형의 상징. 곁자리에 장식한 꽃 하나까지 맞춰준 민규였다.

"냄새가 좋아요. 큼큼."

김 작가가 접시를 받았다. 조호전은 아직도 따뜻한 온기를 뿜고 있었다. 쌀의 부드러운 향에서 우러나는 달큰한 향이 일품이었다.

김 작가가 요리를 먹었다.

"찰지면서도 연하고 부드러워요. 응?"

맛을 보던 김 작가가 고개를 들었다. 머리를 흔들어도 보았다.

"응?"

머릿속이 흔들리지 않았다. 송곳을 찌르는 듯, 뇌 내용물이 따로 노는 듯 복잡하던 편두통이 가신 것이다. 즉시 즉발, 효과 빠른 쾌속 진통제보다도 압도적이었다.

"어쩜."

"왜? 괜찮아?"

기자의 관심이 집중되었다.

"이걸 어떻게 말하죠? 편두통이 감쪽같이 사라졌어요."

"진짜?"

"진짜요. 머리에 싱그러운 숲속 공기가 들어온 것처럼 상큼해요."

기분이 좋아진 김 작가, 그 자리에서 한 바퀴를 돌았다. 그래도 머리는 멀쩡했다.

"와아, 세상에."

김 작가가 아이처럼 좋아했다.

"이건 오 기자님 겁니다. 그리고 이건 피디님 것."

민규가 남은 접시를 둘에게 내밀었다.

"저는 잣이 아니라 대추네요?"

"머리가 나는 약선입니다. 똑같은 거 같지만 서로 다른 요리법으로 필요한 약성을 담았습니다."

"그래요?"

오 기자가 조호전을 집어 들었다.

"잠깐만요."

순간 손 피디가 기자를 제지했다. 피디가 기자의 머리를 찍었다.

"기분 나쁘게 생각지 마십시오. 사실 탈모가 전 우주적인 고민 아닙니까? 눈으로 확인하고 싶어서요."

손 피디가 민규를 보며 설명했다. 전과 후를 비교할 모양이었다.

오 기자가 요리를 먹기 시작했다. 오래 걸리지 않았다.

"먹기는 먹었는데……."

기자가 민규를 바라보았다. 머리는 언제 나는 거죠? 그 눈빛이었다.

"이리 오세요."

민규가 오 기자를 끌었다. 절간 뒤의 우물로 데려갔다. 거기 있는 대야를 가리켰다.

"이 물로 머리를 적시세요. 흥건하게."

물을 퍼 담는 척 증기수 한 방울을 풀어놓은 민규였다. 요리를 먹었기에 필요 없는 과정이지만 기자를 위한 퍼포먼스용이었다. 오 기자는 물을 탐방거리더니 바로 머리를 입수시켰다.

"엇!"

전과 후 사진을 비교하던 손 피디가 움찔 흔들렸다.

"왜요? 진짜 머리카락이 났어요?"

김 작가가 조바심을 냈다.

"봐. 여기… 다르지? 아까보다 잔털이 빼곡해졌어."

손 피디가 두 화면을 가리켰다.

"어머, 정말?"

"비켜봐요. 나도 좀 보게."

탈모의 주인공인 오 기자가 두 사람을 밀어냈다.

"……!"

기자의 눈이 휘둥그레 변했다. 전과 후의 화면. 다르게 보였다. 분명 잔털이 많아진 것이다.

"으악, 흰 머리도 많이 검어졌어요."

기자가 비명을 질렀다. 그는 새치가 많았다. 그건 그 자신이 잘 알고 있었다. 특히나 양 이마 끝은 고민의 끝판왕일 정도였다. 그 새치가 절반 이상 사라진 것이다. 마치 염색약을 바르기라도 한 듯이.

"내일 아침이면 더 좋아질 겁니다."

민규가 말했다.

"아이고, 그럼 나는 저녁 안 먹고 일찌감치 잘래요. 빨리 자서 머리카락 팍팍 키워야지."

오 기자가 너스레를 떨었다. 일동은 한바탕 웃음꽃을 피웠다.

막간을 이용해 민규가 체질 증명에 나섰다. 木형에 좋은 음식 몇 가지와 土형에 좋은 음식 몇 가지면 되었다.

토형의 기자는 여전히 신 걸 선호했다. 사과, 매실차, 신김치가 그것들이었다. 목형의 작가 역시 고구마와 연근조림, 미나리를 선호했다.

그 메뉴를 바꾸어주었다.

"에이, 나는 역시 신 게 좋은데 말이야……."

심드렁하게 테스트에 응하던 기자, 자신의 체질에 맞는 달달한 음식들의 흡입량이 늘어가자 표정이 변하기 시작했다.

"이상하네? 괜히 끌리잖아? 신맛도 땡기지만 속이 푸근해지는 건 단맛이야."

"저도 그런 거 같아요. 알고 보니 단맛보다 신맛이 훨씬 개운한 듯……."

김 작가도 다르지 않았다.

"그동안 엉뚱한 거 선호하느라 오장을 피로하게 만들었으니 당분간은 체질 음식을 많이 드십시오. 그럼 기자님의 과민성 대장 증상도 사라지고 작가님도 비위대장의 잔병이 싹 사라질 겁니다."

민규의 정리는 시원했다.

"자자, 체질 공부 끝났으면 우리 공부를 하자고요."

손 피디가 다가앉으며 구상 노트를 펼쳤다.

"아무리 생각해도 이 셰프님 따라온 거 신의 한 수 같습니다. 오늘 본 것만 해도 머리가 아플 지경이거든요."

"별말씀을……."

"탈모에 편두통에… 이거야말로 진짜 약선이군요. 그래서 말인데, 이 셰프님 주특기 좀 다 공개해 주십시오. 대체 약선요리로 고칠 수 있는 게 뭐, 뭐가 있습니까?"

"이론적으로는 뭐든 가능하지요. 먼 과거에는 약선이 곧 식의였고 식의가 곧 의사였으니까요."

"저도 대략 공부를 하고 와서 알고는 있습니다. 하지만 방송이라는 게 뜬구름을 보여줄 수는 없거든요. 그러니까 방금 전의 탈모처럼 증명할 수 있는 약선이면 좋겠습니다."

"직접 확인이 가능한 거라면 간단히 목이 쉬었을 때 풀어주는 약선, 식은땀을 내리는 약선, 멍을 푸는 약선 등등이 있겠지요."

"더 센세이션한 건 없습니까?"

"이가 다시 나게 하는 것까지는 가능합니다."

"이라고요?"

손 피디와 작가가 소스라쳤다.

"증명을 위한 거라면 국장님 장모님의 경우처럼 검은 얼굴이나 탈모 같은 거 어떻습니까? 그런 거라면 사람들이 직접 볼 수 있으니 이벤트용으로는 좋을 것으로 봅니다. 하지만 저는 무슨 약 실험하듯 결과 보여주기보다는 요리가 어필되면 좋겠습니다."

"무슨 말씀인지 잘 알겠습니다. 그 두세 가지에 요리, 폐동맥 고혈압, 약선요리 대회 우승, 수덕사 큰스님 이야기… 이야, 이거 그림이 막 넘치네, 넘쳐."

손 피디는 의욕은 방전될 줄을 몰랐다.

저녁 시간, 기다리던 식사가 나왔다. 특별할 건 없었다. 상추와 각종 산야초를 곁들인 쌈이 전부였다. 민규는 된장부터 찍었다. 맛이 좋다고 소문난 월송사의 된장.

그런데······.

"······!"

숟가락에 묻은 된장은 소문하고는 아주 달랐다. 민규의 여덟 판별력을 참고할 필요도 없었다. 보기부터 퍽퍽하고 입에 넣으 니 니 맛도 내 맛도 아니었다. 하지만 재료로 쓰인 콩은 좋았다.

'고로쇠 수액······.'

베이스의 물맛도 좋았다. 하지만 완성된 맛은 시장통에서 파 는 막된장급이었다. 같이 나온 막장과 고추장도 크게 다르지 않 았다.

"셰프님."

김 작가가 민규를 바라보았다.

"예?"

"여기 장맛이 기막히다더니 이게 맛있는 된장인가요? 제 입맛 에는 영 아닌데 혹시 제가 워낙 조미료 범벅 된장만 먹다 보니 입맛이 저렴해진 건지······."

"아닙니다. 이 된장, 맛없네요."

"그렇죠?"

"······."

민규 표정이 어두워졌다. 맛난 장을 위해 일부러 찾아온 길. 그런데 맛이 이 모양이니 밥맛이 날 리 없었다.

"잘들 드셨습니까?"

식사가 끝날 무렵 방장이 찾아왔다.

"예, 덕분에······."

손 피디가 대표로 답했다.

"장맛이 좀 그렇죠? 이게 작년까지만 해도 굉장히 맛이 좋았는데 제가 장독대 관리를 맡은 후로 갑자기 맛이 변했어요. 장에 대해 문외한이라 그런지……."

방장이 빈 머리를 긁었다.

"맛이 변했다고요?"

민규가 고개를 들었다.

"맛난 밥까지 해주신 셰프님께 이런 장을 내놓아 면목이 없네요. 그렇잖아도 내일모레 다른 곳에서 장을 좀 사올 터라 버릴 예정이었는데 당장은 이거밖에 없어서……."

"버린다고요?"

"장도 손길을 타는 모양입니다. 옥광 스님이 관리할 때는 된장국을 끓이더라도 부처님이 돌아보는 것 같았는데 이제는 저렇게 푸슬푸슬, 맛도 모양도 엉망… 이래저래 궁리를 해봐도 제 실력으로는 맛이 돌아오지를 않습니다."

"……."

"하긴 장 담근 옥광 스님이 돌아가시니 장맛도 그분 따라 가는 모양입니다."

"장을 담근 스님이 돌아가셨어요?"

민규가 물었다.

"예, 옥광 스님이 장 하나는 귀신이셨는데 암에 걸려 시름시름 앓으시다가… 그해 담근 장이 마지막 장이라 아껴 먹던 차였는데……."

"그 장, 제가 좀 볼 수 있을까요?"

"그야 어렵지 않지만 봐서 뭐 하시게요?"

"부탁합니다."

민규가 고개를 숙였다. 방장은 더 거절하지 않았다.

"이놈들입니다."

장독대에 올라선 방장이 항아리들을 가리켰다. 어린아이 키 높이의 장항아리만 해도 수십여 개에 가까웠다. 민규가 뚜껑을 열었다.

간장, 된장, 고추장, 막장……

모든 장이 망라되어 있었다. 하나씩 맛을 보았다. 역시 엉망이었다. 베이스로 쓴 콩은 기막힌 장들… 그러나 갑자기 변한 장 맛.

손길 때문이었을 것이다. 장은 살아 숨 쉬는 식품. 그걸 돌보는 손길이 바뀌었다. 사람이 바뀌니 방법도 바뀌었다. 그게 장맛을 망친 게 틀림없었다.

대략 이해가 되었다.

"엉망이죠?"

방장이 얼굴을 붉혔다.

"이거 버리실 거면 제가 가져가도 될까요?"

민규가 물었다.

"그거야 상관없지만 이걸 뭐에 쓰게요?"

"맛 좀 잡아서 쓰면 될 것 같습니다. 장의 달인이셨던 스님의 유작이라니 아깝지 않습니까? 여기 들어간 메주도 만만치 않을 텐데?"

"뭐 가져가면 저야 좋지요. 딱히 버릴 데도 없어서 일부터 땅을 파서 묻어야 할 판이니."

"대신 내일 아침상은 제가 봐드리겠습니다."

"허어, 못 쓰는 장을 치워주는 것만 해도 고마운데 식사까지?"

"제가 보물로 쓰겠습니다. 그러면 돌아가신 스님도 좋아하지 않을까요?"

"그야 당연하지요. 저도 저거 버릴 생각만 하면 옥광 스님 뵐 면목이 없어서 차일피일하던 참인데……."

"고맙습니다."

민규가 합장 인사를 올렸다.

여덟 장항아리들은 바로 탑차로 옮겨졌다. 무게가 만만치 않아 보살 세 사람이 나와 도와주었다.

"이걸로 뭐 하게?"

땀에 젖은 종규가 울상을 지었다.

"아까 못 들었냐? 이 장이 처음에는 맛이 기가 막혔다는 말."

"하지만 지금은……."

"근본이 중요하지. 두고 봐라. 형이 이 장맛 다시 살려놓을 테니까."

민규가 웃었다. 탑차에 실린 건 맛 버린 장이 아니라 보석이었다. 인간의 오장육부를 살려줄 보석. 물 마법을 지닌 민규에게는 그랬다.

사박사박!

뽀로로롱!

자박자박!

배쫑배쫑!

첫새벽, 민규의 발길을 따라 새소리가 들렸다. 새는 종규 작품이었다. 햇귀가 나오기도 전, 산행을 하는 민규를 따라나선 종규였다.

"국대급 형을 보디가드도 없이 다니게 할 수는 없지."

종규의 말은 의젓했다.

배쫑배쫑!

새들이 앞서 날았다. 그 새들이 날갯짓을 따라 개업 구상을 했다. 민규만의 원칙과 매뉴얼, 디저트까지도 포함된 구상이었다.

1) 천연의 식재료만 쓴다.
2) 요리는 고객이 주문한 그때부터 시작한다.

대원칙은 앙드레 픽의 신념에서 벤치마킹을 했다. 약선요리의 원칙과도 크게 다르지 않았다.

얼마를 올라가니 샘물이 나왔다. 방장이 알려준 곳이었다. 샘물을 보았다. 아직 어스름이 가시기 전, 샘물은 하늘의 흰 달을 품고 있었다. 그 달을 따라 노래하는 별을 품고 있었다. 나뭇잎을 이용해 샘물을 떠냈다. 이게 바로 정화수였다. 밤을 건너온 샘물. 천기를 오롯이 담은 첫 물……

꿀꺽!

천천히 목 넘김을 했다. 시원하고 달았다. 눈이 밝아지고 머리가 개운해지는 것 같았다. 이번에는 초자연수를 소환해 한 모금

을 넘겼다. 같은 계열의 맛이었다. 하지만 차이는 극명했다. 초자
연수는 수천 년을 건너온 궁극의 물. 첫새벽의 정화수도 델 것
은 아니었다.

"진짜 그러네?"

두 물을 맛본 종규도 공감을 했다. 그사이에 먼동이 트고 있
었다. 산길을 타고 내려와 대나무 숲에 닿았다. 그때쯤에야 햇
살이 뒷산 첫 봉우리에게 고개를 내밀었다. 햇살을 받은 이슬이
청녹의 대나무 잎에서 대롱거렸다. 풀잎 대롱을 이용해 이슬을
맛보았다. 이론상으로는 이게 바로 상지수, 즉 반천하수였다. 천
기를 머금고 내려와 아직 대지에 닿지 않은 가장 순수한 물. 그
물에서도 반천하수의 맛이 났다. 산천의 정기가 느껴지는 것이
다.

"거기까지는 잘 모르겠고 그냥 신성한 느낌?"

종규의 소감은 솔직했다.

장소를 옮겨 연잎 위의 이슬도 맛보았다. 현실의 반천하수(?) 역
시 초자연수의 반천하수와는 퀄리티가 달랐다.

'고맙습니다.'

새 아침의 햇살을 받으며 전생들에게 고마움을 전했다. 여전
히 꿈이 아닌 이 아침이 좋았다.

"자, 그럼 요리 한판 벌여볼까?"

민규가 팔을 걷어붙였다.

"그러시죠. 모시겠습니다."

종규가 장단을 맞췄다. 두 형제가 절의 주방을 장악했다.

─당귀백자인죽.

—콩 샐러드.

아침 메뉴였다.

당귀, 측백씨, 멥쌀.

강낭콩, 양파, 토마토, 푸른 피망.

두 재료는 간단했다. 쌀은 산에 오르기 전에 미리 불려두었
다. 불도를 닦는 스님들이니 머리와 눈을 밝혀주는 정화수에,
마음을 안정시키는 방제수를 한 방울씩 섞었다. 이는 방문객들
에게도 좋을 선택이었다.

보글보글!

죽이 끓는 동안 샐러드를 만들었다. 뒤뜰에서 갓 따온 토마토
는 미치도록 신선했다. 머리에 살짝 칼집을 내서 열탕에 넣었다
꺼내 껍질을 까고 먹기 좋게 썰었다. 상추 두 장을 깔고 샐러드
를 올리니 보는 것만으로도 싱그러웠다. 소스는 참나물과 참깨
를 갈아 요구르트에 섞어 만들었다.

참나물 소스.

사찰의 분위기에 맞춰 만들었지만 기가 막혔다. 참나물의 신
선함에 고소함까지 올라오니 신선의 유혹이 따로 없었다.

"와아!"

"후아아!"

절간 곳곳에서 감탄이 터져 나왔다. 죽은 술술 들어가고 샐
러드는 눈 깜짝할 사이에 사라졌다. 재료가 있지만 추가 공급은
없었다. 지상에서 가장 아름다운 맛. 그것에는 조금 부족함이
필요했다.

"으악!"

자지러지는 비명은 스님들만의 것이 아니었다. 거울을 보던 오 기자가 그 자리에 주저앉은 것. 머리 때문이었다. 훤하게 엿보이던 자리에 솜털이 까맣게 나 있었다. 새치도 절반 이상 자취를 감췄다.

"우워어!"

오 기자는 거울에서 눈을 떼지 못했다.

어느새 휘영청 해가 솟아오른 하루.

"이 셰프님."

떠날 준비를 할 때 방장이 민규를 불렀다. 그는 보살과 함께 중간 크기의 항아리를 하나씩 품고 있었다.

"씨된장과 씨간장이라네요. 얼마나 묵었는지 시커멓게 말라붙었는데 쓸데 있으면 같이 가져가세요. 어차피 우리는 다른 절에 수고비를 주고 대먹기로 했으니."

씨된장과 씨간장.

표면은 다 말라붙어 마른 논바닥과 진액의 피떡처럼 보이기도 했다.

"이건 버리자."

종규가 고개를 저었다. 하지만 민규는 두 항아리에서 눈을 떼지 못했다.

'초대박!'

한 단어가 목을 차고 나왔다. 맛을 보니 적어도 200년도 넘게 묵은 장들이었다.

'약 250년⋯⋯.'

맛을 보니 견적이 나왔다. 두 세기 반의 시간이 녹아난 장이었다. 그렇다면 약선이 아니라 그대로 약이 되는 씨장들. 대령숙수 권필의 전생에서 건너온 혜안이었다.

"또 오세요, 이 셰프님!"

방장과 스님들, 급체를 당했던 보살들이 연못가에 도열해 작별 인사를 했다. 장항아리를 가득 실은 차가 뒤뚱뒤뚱 출발을 했다.

손 피디와 오 기자 등은 이해를 못 했지만 민규는 즐겁기만 했다. 비장의 카드 때문이었다.

'우박!'

열한 번째 초자연수로, 죽은 장맛을 살려내는 신비수. 탑차 문을 닫기 전에 한 방울씩 섞어주었으니 꿀장으로 바뀌고 있을 일이었다. 다만, 250년 묵은 씨된장과 씨간장은 손대지 않았다. 그것들은 따로 쓸 일이 있었다.

'옥광 스님, 고맙습니다.'

장의 원주인에게 인사를 남기는 것도 잊지 않았다.

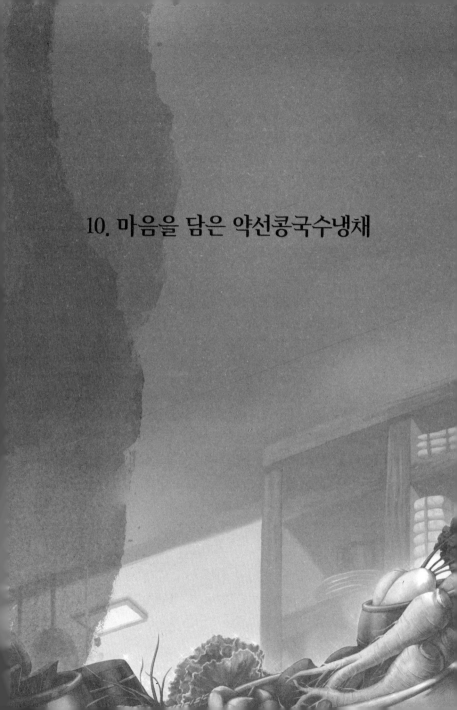

10. 마음을 담은 약선콩국수냉채

초빛약선요리.

마침내 가게 간판이 올라갔다.
"우와!"
간판 다는 걸 감독하던 종규가 감격에 겨워 펄쩍 뛰었다.
초빛약선요리.
다시 보아도 뿌듯했다. 정리 정돈이 끝난 가게를 돌았다. 마당
담장은 돌절구로 주제를 삼았다. 볼품없는 담장을 헐고 키가 큰
돌절구를 세운 것이다. 돌절구에는 야생화를 심었다. 입구부터
느낌이 달라졌다.
주방은 동선을 새로 정비했다. 옹기를 여럿 들이고 선반도 소
나무판으로 바꾸었다. 쌀통 역시 오동나무로 교체했다. 쌀을 중

시해 재래종 쌀 종류에 맞춰 쌀통 숫자도 늘렸다. 가장 신경을 쓴 건 요리 테이블이었다. 초자연수를 편하게 다루도록 면적을 넓혔다. 이렇게 하면 여러 종류의 식재료를 한 번에 처리할 수 있었다.

선반에 가지런한 건 다양한 그릇이었다. 그들 대다수는 질그릇과 막사발, 다완, 종지들이었다. 하나같이 투박하고 질박했다. 더러는 흠이 난 것도 보였다. 마지막으로 들른 절에서 얻은 그릇들이었다. 민규가 추구하는 약선요리와 궁합이 맞았다. 광에 쌓인 것들 중에서 일부를 얻었다. 그 또한 광보 스님의 소개가 일조를 했다.

실내는 무릎 높이의 칸막이로 구분했다. 약선은 한 가지로 계속 찍어내는 요리가 아니었다. 그렇기에 다른 사람의 시선을 원천 봉쇄 해 편안한 식사가 되도록 배려를 했다. VIP 손님이나 몸이 불편한 손님을 위해 내실도 준비했다. 주인이 전시실로 쓰던 그 공간이었다.

덕분에 정든 옥탑방과도 작별을 했다. 출퇴근 시간도 그렇거니와 숙식할 방이 있으니 굳이 두 집 살림을 할 이유도 없었다.

"서운해서 어떡해?"

주인아줌마의 목소리는 아직도 귓전에 남았다. 상아의 큰절은 눈 안에 생생했다. 주인아줌마가 생명의 은인이라며 큰절을 시킨 것이다.

"큰오빠, 고맙습니다."

상아의 목소리는 더없이 씩씩했다.

실내에 메뉴판을 걸었다.

모든 궁중요리, 약선요리 취급.

가격은 시세.

예약제 운영.

메뉴판은 단 세 칸이면 족했다.

"그림도 걸까?"

종규가 물었다. 그림은 이윤과 권필, 정진도의 민화풍 초상이
었다. 그들은 전하는 초상이 없었다. 식치방 요리박물관에서 본
이윤의 초상 또한 상상화에 불과했다. 초상은 민규의 주문에 따
라 나왔다. 선명하지는 않지만 세 전생의 느낌을 아는 민규. 상
세 설명을 더해 그림을 완성했다. 그들의 약선, 식치 이론과 어
우러진 장식용이었다. 늘 가까이하며 사표(師表)로 삼을 생각이
었다.

"그건 내일 아침."

민규가 대답했다. 개업 날 아침에 시장에 다녀온 후에 걸 생각
이었다. 그때부터 이 가게는 비로소 민규의 약선 제국이 될 판이
었다.

딸깍!

창고를 열었다. 식품 보관 적정 온도에 더불어 환기가 잘 되도
록 만들었다. 소나무와 오동나무 원목으로 만든 선반에는 갖가
지 약재가 가득했다.

'감초, 오미자, 구기자, 당귀, 두충, 복령, 상엽, 초피, 영지버섯,
오갈피, 익모초, 인진쑥, 작약, 지황, 진피, 천궁, 향부자에 황기.'

동의보감에서 자주 애용되는 약선 약재 50여 종류는 모두 확보한 민규였다.

마지막은 장독대였다. 차곡차곡 키를 맞춘 20여 항아리는 차약선방의 장독대 부럽지 않았다.

스릉.

큰 항아리를 열었다. 월송사에서 가져온 된장이었다. 손끝으로 듬뿍 찍어 맛을 보았다.

'흐음……'

달큰한 뒷맛이 일품이었다. 망가진 장맛이 돌아왔다. 초자연수 '우박' 덕분이었다. 그러나 이 맛은 시작에 불과했다. 조금 더 작은 두 항아리를 열었다. 250년 된 씨간장과 된장이었다.

'나의 보물.'

입이 저절로 벌어졌다. 특히나 간장은 다이아몬드에 비교해도 아깝지 않았다. 그때 장터 순례를 마치고 돌아온 민규. 씨간장 시식에 들어갔다. 맛이야 이미 손가락으로 체험했지만 요리에의 접목이었다. 간단하게 갓 지은 밥이었다. 반숙 계란을 하나 올리고 정화수와 우박으로 녹여낸 씨간장 한 숟가락을 넣었다.

쓱싹쓱싹!

비비는 순간 짭조름 올라오는 맛이 범상치 않았다.

꼴깍!

몇 번이고 침이 넘어갔다. 그 첫 수저가 입에 들어가는 순간, 민규는 무릎이 꺾이며 주저앉았다. 250년 간장의 깊은 맛이란… 마치 지상 최고의 버터를 넣은 듯한 환상은 아직도 입안에 가득했다.

"형, 입 좀 닫아라. 날파리 들어가겠다."

지켜보던 종규가 웃었다.

"들어가려면 들어가라지."

"하긴 나도 좋다. 이게 우리 가게라니."

종규도 흐물흐물이다.

"마냥 좋아만 해서는 안 돼. 이제 우리 가게가 생겼으니 그만큼 더 책임감을 가져야지."

"알았어. 책임감."

종규 얼굴에서 결의가 스쳐 갔다.

"이제 시작이다. 내가 여기를 대한민국 약선요리의 메카로 키울 거다. 돈 벌면 저 옆 건물들까지 다 사서 채소도 직접 가꾸고 말이다."

"그래도 당장은 개업식부터 고민하는 게 맞지 않을까?"

"하긴 손님 오실 시간이다."

"개업도 하기 전에?"

"손님을 꼭 개업하고 받아야 하냐? 내일 예약이 잔뜩 밀렸으니 나눠서 받으면 좋지. 가게 내는 거 도와주신 분들 몇 분 모셨다."

민규가 웃었다.

개업 날 예약.

그건 며칠 전의 녹화 장소에서 전격 이루어졌다. 길두홍이 즉석 예약을 하자 소녀파워 멤버들도 뒤를 이은 것이다.

소녀파워.

걸그룹의 원조 격인 큰언니들. 그녀들을 만난 건 방송국 녹화에서였다. 녹화 때 맛본 민규의 요리에 꽂혀 예약을 원했다. 홍설아 역시 예약 대열에서 빠지지 않았다. 그들 외에 톱스타 배여리와 두 전문의도 예약 대열에 합류했다.

하지만 최고의 예약 손님은 루이스 번하드였다.

"셰프."

그의 예약은 마지막이었다. 인사를 마치고 나올 때 그가 민규를 불렀다.

"당신의 요리를 오붓하게 감상할 영광을 얻을 수 있을까요?"

녹화 날의 화룡점정이었다. 방송용이 아니라 진심으로 원하는 민규의 요리.

"제가 영광입니다."

기꺼이 수락을 했다.

기존의 팬(?)들에 더하니 이날 받은 예약만 해도 당분간 분주할 스케줄이었다.

"소녀파워가 진짜 올까?"

종규의 눈이 번쩍 뜨이는 게 보였다.

"넌 그분들이 궁금하냐?"

"헤헷, 형 요리처럼 우아하잖아? 그 사람들이 왔다 갔다고 하면 금방 홍보가 될걸."

"짜식……."

"형은 그 프랑스 미식가지? 루이스 번하드?"

"그래. 그 사람, 아무 데나 예약하지 않는 사람이거든."

"실은 나도 그 사람이 제일 설레. 돈 내고 먹는 요리에서는 우리 형을 어떻게 평가할까?"

"오, 정곡을 찌르는데?"

대답과 함께 민규 기억이 녹화 때로 날아갔다. 요리 촬영과 스튜디오 녹화는 성공적이었다. 압권은 병원 촬영분이었다.

테이프는 성동성심병원이 끊었다. 거기 대한민국 최고의 탈모 권위자가 있었다. 피디가 선을 대서 약선요리 체험 희망 환자를 구했다. 특별한 한약재를 넣지 않고 만드는 요리라니 20여 명이 응모를 했다. 조금 많았지만 선별하지 않고 약선요리 테스트를 했다.

"그게 말이 됩니까?"

탈모전문의의 첫마디였다. 유명한 프로그램에서 제의가 오니 협조하기는 하지만 가능성은 없다는 쪽이었다.

"그게 말이 되는군요."

그의 말이 바뀌는 데는 몇 시간이면 족했다.

이른 아침, 검은깨에 증기수를 더해 쑤어낸 탈모 특선 약선흑임자죽을 먹은 사람들. 점심시간 직전에 받은 검사에서 놀라운 결과를 나타냈다. 희망자 전원이 현저한 발모 촉진을 보인 것이다. 그 현상은 일시적이 아니었다. 전문의의 각종 검사에서도 데이터로 증명이 되었다.

"허허, 첨단 머리카락 이식법 배우러 미국에 좀 갈까 했더니 저 셰프님에게로 가야겠군요."

전문의는 두 손을 들고 말았다.

두 번째는 신장내과와 피부과에서의 인증샷. 병원 중 하나는 국장 장모가 다니던 전문병원이었다. 국장 장모의 얼굴 빛깔 개선을 본 피부과 의사는 민규 옆에 붙어 살았다. 심지어는 그 자신도 약선요리를 먹어보겠다고 나섰다. 어떤 성분이 작용하는지 파악하려는 잔머리였다.

민규가 수락했다. 참가한 대상자는 여덟 명이었다. 그들 중 일곱 명의 피부가 정상으로 돌아갔다. 나머지 한 사람이 문제였는데 그는 3일이 더 걸렸다. 결과적으로는 모두 성공이었다.

요리는 약선과 궁중요리를 중심으로 촬영을 했다. 그때 게스트로 나온 사람들이 또 대박이었다. 그것만 생각하면 아직도 설렘의 여운이 가시지 않는 민규였다.

방송은 오늘 저녁 8시였다.

〈약선요리의 기적〉

〈현대판 약선 연금술사 재림〉

〈물맛으로 요리의 신기원을 열다〉

손 피디가 뽑아낸 가제목들. 어떤 걸 택했을지는 손 피디만이 알 일. 그럼에도 이래저래 궁금해지는 건 사실이었다.

"그럼 오늘은 누가 오는 거야?"

종규가 캐물었다.

"너 혹시 오늘 같은 날 보고 싶은 사람 없냐?"

"엄마? 아버지?"

"그분들은 이미 와 계시겠지. 그분들 빼면?"

"이모?"

"오, 제법 통하는데?"

"이모가 오는 거야?"

종규 입이 쩌억 벌어졌다.

이모는 어머니의 동생이었다. 어머니가 하늘로 가기 전부터 아팠다. 날 때부터 기가 약한 허약 체질. 그러다 마음씨 좋은 이모부를 만나 결혼을 했다. 신혼은 행복했다. 하지만 딱 거기까지였다. 병약한 탓에 병치레가 잦았고 설상가상 이모부의 해초 도매 사업이 거덜 나고 말았다. 일본 거래처의 변심 때문이었다.

—료심.

—무라카미.

민규는 그 단어를 잊지 못한다. 료심은 양심이라는 뜻이다. 무라카미는 일본 셰프 출신의 해산물 사업가였다. 이모부와 거래를 텄지만 뒤통수를 쳤다. 좋은 물건을 보내도 트집을 잡기 일쑤. 결국에는 엄청난 양의 해초류를 주문해 놓고 취소하는 만행을 저질러 버렸다. 덕분에 부도가 나면서 도피 생활까지 했던 이모네 부부. 죽은 어머니에게 있어 이모는 종규 다음으로 걱정거리였다.

그러나 이모부는 의리의 사나이이자 뚝심의 사나이였다. 자신이 어려운 중에도 민규 부모님 장례를 도맡아 챙겼다. 그 고마움은 아직도 민규의 마음속에 살아 있었다.

"내가 연락했다. 보란 듯이 개업하니까 한번 다녀가시라고."

"우와."

"나가봐라. 이때쯤 오신다고 했으니까."

"알았어. 이모가 온다고?"

종규가 마당으로 뛰었다. 자기 몸도 가누기 힘든 이모지만 종규 걱정을 많이 했었다. 하긴 그녀가 걱정한 게 종규뿐일까? 부

모를 잃은 민규가 그 책임을 지게 되자 장례식장에서 하염없이
울다 간 사람이었다.

"내가 도와줘야 하는데… 네 이모부가 일본 놈에게 배신만 안 당
했어도……."

이모가 수십 번 읊조린 말이었다. 그 고마운 마음 씀씀이를
알기에 개업에 앞서 일착으로 모시고 싶었다. 어떻게 보면 어머
니, 아버지 대신이었다.

바스락!

새 요리복을 꺼냈다. 조선 시대 대령숙수의 복장에 준해 맞춘
옷이었다. 오방색과도 비슷해 마음에 들었다. 정갈하게 요리복
을 갖춰 입었다. 거울에 비추자 세 전생의 영상이 함께 서려 보
였다.

이윤.
권필.
정진도.

잘할게요.
능력은 당신들에게 받았지만 이 시대에 맞춰.
더 많은 사람들에게 더 좋은 약선요리를.
다짐과 함께 불끈 허리끈을 조였다.

"형!"

달려 나간 종규가 마당에서 소리쳤다. 민규가 마당으로 나왔다.

"오!"

요리복을 차려입은 민규를 본 종규가 엄지를 세워주었다.

"……!"

이모를 본 민규, 마음이 콱 막혀왔다. 어머니와 흡사한 이미지. 다만 피골이 상접할 뿐인 이모가 거기 있었다.

장두나.

어머니, 장수나의 하나뿐인 동생…….

"민규야……"

"이모."

"이모부는요?"

"새로 조그맣게 가게 열고 재기했어. 그러다 보니 눈코 뜰 새가 없어서."

"우와, 다행이네요."

"이거 받아. 니가 개업했다니까 제일 좋은 물건으로 골라줬어. 요긴하게 쓰라고……."

이모가 아이스박스를 내밀었다. 안에는 바다 냄새 물씬거리는 해초가 가득 들어 있었다.

"이야, 최상급인데요? 앞으로 이모부 신세 많이 져야겠네요."

"그런 말 마라. 해초 필요하면 전화만 해. 그건 우리가 책임질게."

"고맙습니다."

"세상에, 이게 네 가게라고?"

이모는 그제야 가게 터를 돌아보았다.

"이모."

이모 손을 잡았다. 그녀의 손은 마른나무처럼 여의고 거칠었다.

"들어가요. 들어가서 얘기해요."

첫 손님이었다. 한가운데 자리에 이모를 모셨다. 이모는 바람이 세게 불면 곧 쓰러질 것 같았다. 그 정도로 약골이었다.

"아유, 가게가 번듯하네. 대체 어떻게 된 거야?"

이모가 물었다.

"형이 대한민국 최고 약선요리 대회에서 대상 먹었잖아요. 그여세를 몰아서 밀어붙였어요. 물론, 은행 융자 조금 받고……."

신나게 달려가던 종규의 목소리가 마지막에 살짝 내려왔다.

"애썼다. 종규의 병도 네가 고쳐줬다며? 언니랑 형부가 좋아하겠네."

이모가 민규 손을 잡았다.

"두 분에게는 납골묘 가서 말씀드렸어요. 내일이 개업인데 이모하고 이모부 먼저 모시고 싶어서 전화했어요."

"나를 왜? 내일이 개업이면 준비할 것도 많을 텐데?"

"이모잖아요? 이보다 더 중요한 일이 어디 있겠어요?"

"아휴, 얘들이 나를 울리네."

이모가 손수건을 꺼내 들었다. 순간, 민규 눈이 반짝거렸다. 이모의 상지수창에 대한 리딩이었다. 그렇잖아도 궁금한 이모의 병이었다.

체질 유형—水형.

간담장—허약.

심소장—보통.

비위장—허약.

폐대장—허약.

신방광—병약.

포삼초—보통.

미각 등급—B.

섭취 취향—小食.

소화 능력—C.

이모의 체질이 나왔다. 체질보다는 오장육부의 상태를 보았
다. 신장방광의 정기가 바닥이었다. 덕분에 간담도 바닥을 치고
폐대장까지 갉아먹는 상태였다.

'수형에 신방광……'

약선의 기반인 한의학에서는 인간의 기원이라고도 보는 신장
의 기.

'약선요리로 도전.'

민규가 일어섰다.

주방으로 걸으며 좌우명이 된 명언을 곱씹었다.

인생을 사는 두 가지 방식. 하나는 그 무엇도 기적이 아닌 삶.
또 다른 하나는 모든 것이 기적인 삶. 기왕에 그리는 큰 그림이
라면 개업의 첫 작품으로 기적을 일으키고 싶었다. 어머니를 위
해서, 그 피붙이 이모를 위해서. 쉽지는 않겠지만 민규에게는 초

자연수가 있었다.

약선의 기준으로 인간의 몸을 분해했다.

정기신혈(精氣神血).

인간의 몸은 네 가지로 이루어진다. 이 중에서도 정이 근본이다. 정은 두 가지로 나뉜다. 부모에게서 받고 나온 선천 목숨의정, 음식물로 공급되는 후천의 정. 이모는 후자의 창고가 비어있었다. 겨우 목숨 부지 수준인 것이다.

'정(精).'

정을 만들 수 있는 약선 재료를 모두 꺼내놓았다. 첫째는 당연히 쌀이었다. 동의보감은 말한다. 땅에서 나는 음식 중에서정을 보충하는 유일한 것. 무엇인가?

쌀이다.

그 쌀이 끓으면서 나오는 정수, 즉 끈적끈적한 죽물이 답이었다.

약초 중에는 산수유가 첫손에 꼽힌다. 산수유를 달여 먹으면정이 보충되면서 정액이 빠져나가는 걸 막아준다. 산수유 외에구기자, 지황, 백복령, 지황, 익모초 씨앗 등도 효과가 있다. 바다의 오징어도 정을 만드는 식재료에 꼽힌다.

정이 충만하면 기(氣)도 활발해진다. 기는 생명의 휘발유다. 육체를 가동하는 것이다. 기가 원활하지 않으면 정신이 흐려지고 맥이 빠진다. 기는 공기와 곡기의 조화로 형성된다. 기에도쌀이 중요하다. 쌀미(米) 자를 파자하면 기의 기원이 나오는 까닭이다.

기는 여섯 가지로 존재한다.

그 첫째로 원기(原氣)가 꼽힌다. 신장에서 우러나는 선천의 정이 기로 변한 것이다. 단어대로 생명 활동의 원천이다.

둘째는 음기(陰氣). 여기서 말하는 음기는 아주 중요하다. 혈액과 함께 온몸을 돌며 영양분을 공급하는 기운을 이른다.

셋째로 위기(衛氣)를 꼽는다. 위기의 위(衛)는 지킬 위자다. 위기는 양기(陽氣)를 이르는 말로 비위에서 흡수된 영양 기운을 말한다. 폐에서 종기의 도움으로 활성화되어 몸과 장부를 순환한다. 종기와 양기를 더해 다섯 기운이 만나면 진기가 된다. 진기가 바닥나면 인간은 육체의 무게를 내려놓고 하늘로 날아간다.

휠휠.

기를 보하는 약선 재료를 줄 세웠다.

인삼, 황기, 나복자(무씨), 소고기, 생강, 목향, 향부자, 사향, 푹고아낸 소의 위장… 다만 열이 많은 사람은 인삼을 쓰지 않고 황기를 먹는다. 이모의 상지수창을 고려해 식재료를 정했다. 오래된 지병이므로 미량을 더 추가했다.

'정과 기는 되었고……'

이제 이모의 몸 상태를 적용해야 했다.

이모는 수형 체질, 거기에 오장육부의 상태……

이 약선의 핵심은 신장이었다. 그러나 신장만 돌본다고 해결될 일은 아니었다. 그건 이미 종규의 경우에서 학습한 민규였다. 신장에 기를 더하려면 오행의 원리를 알아야 했다. 그 역할은 한의사 정진도의 한의학이 매번 도움을 주었다.

비장을 돌봐 폐장을 북돋고, 폐장의 힘으로 신장을 살린다.

정상적인 코스의 약선이다.

간장을 쳐서 비장을 자극하고, 비장을 쳐서 신장을 자극한다.

이는 상극 관계를 이용하는 약선이다. 식의급의 약선요리사라면 어떤 것을 쓰든 상관이 없었다. 다만 음식을 먹는 사람의 몸에 유익한 코스를 택하면 그만이었다.

이모의 경우는 정상 코스를 잡았다. 몸이 너무 약해 상극의 자극을 감당할지 장담할 수 없는 까닭이었다.

'정기를 살리는 약선에 폐장의 활성화.'

가닥을 잡자 바로 요리에 돌입했다. 쌀부터 넉넉히 밥물을 잡았다.

'마비탕.'

톡!

밥물에 더한 건 마비탕 한 방울이었다. 개업에 이모라는 무게감이 더하자 손가락 마디에 맺히는 느낌이 자못 비장했다. 오랜 지병이므로 몇 방울을 더 첨가했다. 그런다고 효력이 몇 배 늘어나는 건 아니지만 혈육에 대한 애틋함의 발로였다.

보글보글.

쌀들이 푸근한 합창을 하기 시작했다. 작은 종지들을 쌀 사이에 끼워 넣고 뚜껑을 닫았다. 불은 최소한으로 줄였다. 천천히, 쌀알의 정기를 우려 죽물을 받아내려는 생각이었다.

보글.

잘 익은 죽물이 종기로 모여들었다. 걸쭉하면서도 신성한 느낌이 났다. 보석보다 중요한 액체, 음식물로 빚어내는 유일한 생명의 정수, 바로 정(精)이었다.

정!

한 방울, 한 방울 잘도 빚어지고 있다.

출발은 순탄했다.

죽물과 연합할 약재는 무엇이 좋을까? 산수유, 구기자, 지황, 백복령 등을 줄 세워보았다. 최고의 짝은 구기자였다. 맞춤한 양을 집어 들었다.

이제 식재료를 정돈했다.

쥐눈이콩, 건해삼, 소 막창, 국수, 생마, 미나리, 배.

주재료는 단출했다.

구기자, 오미자.

약재 또한 간단했다. 구기자는 죽물과 함께 정을 만들고 오미자는 폐의 종기를 살려 정기를 활성화시킬 약재였다.

—약선콩국수냉채.

—약선마해삼전.

요리의 주제 또한 간단했다.

밀가루에 굵은 소금을 뿌려낸 막창을 정갈하게 씻었다. 막창역시 기를 보충하는 동시에 폐를 보하는 식재료였다. 한 가지로 두 개의 효과를 보게 되었다.

톡!

육수에 지장수 한 방울이 투하되었다. 천리수와 요수도 한 방울씩 더해졌다. 민규의 육수 비법 3번에 해당하는 구성이었으니 고생스레 고아낸 육수에 못지않게 먹는 사람의 속이 시원해질 일이었다. 막창을 넣고 불을 당김으로써 육수에 대한 조치는 끝났다.

불린 쥐눈이콩을 삶으며 건해삼을 손질했다. 해삼전은 수라상에도 오르던 요리다. 생물로 먹는 것보다 말려서 쓰면 무기질 등이 20배 이상 증가한다고 한다. 좋은 해삼은 가시가 고르고 많이 돋아 있다. 매끈한 것보다 울퉁불퉁한 것이 좋다. 생물을 고를 때는 늘어지는 것은 피한다. 상했을 가능성이 높다. 마를 씻어놓을 때쯤 죽물이 완성되었다. 죽물은 소주잔 크기의 종지에 세 개였다.

'흐음······.'

푸근한 죽 향은 언제나 후각을 즐겁게 만들었다. 미미해서 아름다운 게 죽 향이었다.

"이것 먼저 드세요."

이모에게 두 번째 전채(?)를 내놓았다. 첫 전채는 초자연수 열탕이었다. 양기를 더하고 경락을 열어주려는 것이다.

"미음이야?"

이모가 물었다.

"예."

대충 답했다. 죽물은 미음이라도 해도 크게 다르지 않았다.

"옛날 할머니 얼굴처럼 은은하고 푸근하네?"

맛을 본 이모가 하얗게 웃었다. 가만 지켜보니 죽 향은 이모를 외면하지 않았다. 요리도 민규의 마음을 알아주는 모양이었다.

"한 방울도 남기지 마세요."

당부를 하고 주방으로 돌아왔다.

막창은 잘 우러나고 있었다. 산수유와 오미자도 그랬다. 이제 생마를 갈아낸 반죽에, 마비탕과 벽해수 속에서 불린 건해삼을 넣었다. 해삼은 마치 생물인 양 탱탱하게 변했다.

대나무 뒤집개로 모양을 잡으며 해삼전을 부쳐냈다. 새하얀 마 위에 섞인 해삼 빛이 고왔다. 국수가 나오고 콩물도 완성이 되었다. 콩물에 들어간 게 기름을 제거한 막창육수였다. 잡내는 일체 없었다.

투박한 그릇에 허브를 깔고 국수를 가지런히 놓았다. 국수 둘레로 콩물육수를 부었다. 이모의 상지수창을 생각하며 오미자와 구기자의 농도를 맞췄다. 고명은 얇게 저며낸 생마 세 조각과 생미나리 약간이었다. 채 썬 배 몇 가닥과 흰깨와 검은깨, 생구기자 붉은 고명에 박하 잎 세 장을 올리며 요리를 끝냈다.

—약선콩국수냉채.

하얀 국수를 까무잡잡한 쥐눈이콩 육수의 섬이었다. 섬 위에 올라앉은 고명들이 냉채를 더욱 빛내주었다.

—약선마해삼전.

두 접시의 플레이팅은 거의 하지 않았다. 그저 포인트만 주는 것을 끝으로 이모의 테이블에 올려놓았다. 이 약선의 포인트는 플레이팅이 아니라 효과였던 것이다.

약선콩국수.

쥐눈이콩은 수형 체질에 좋다. 검은색이라 신장을 살린다. 막창육수는 폐대장에 좋다. 동시에 기를 보충하는 식재료였다. 고명으로 올린 마 역시 수형 체질에 좋았고 배는 폐를 돕기 위한 보조였다. 검은깨와 흰깨 역시 신장과 폐를 위한 배치였다. 마지막으로 구기자는 기(氣)를 돕는 약재지만 여기서는 그저 미각을 자극하기 위한 장식용으로 썼다.

소량의 검은콩국수와 동그랑땡 세 개.

이모가 보기에는 그랬다. 양을 적게 만든 건 이모의 섭취량과 소화 능력 때문이었다.

"음식 생각 없는데?"

이모가 민규를 바라보았다.

"드셔보세요."

민규가 접시를 밀었다. 이모가 젓가락을 잡았다. 국수를 돌돌 말아 입에 넣는다. 맥이 없다 보니 느리고 또 느렸다.

"응?"

한입을 넘긴 이모의 목소리가 변했다.

"맛이 편하네?"

"이모부 몫까지 천천히 다 드세요. 이모를 위한 특별 약선국수 예요."

"알았어. 우리 민규가 한 음식이니……."

이모가 테이블에 바싹 다가앉았다. 가녀린 손으로 국수를 흔들자 첩첩의 똬리가 결결이 풀렸다.

후룩!

국수가 들어갔다. 생마를 먹고 배도 먹는다. 가끔은 그릇을 들고 육수도 마셨다. 그사이에 해삼전도 하나씩 비워졌다.

후룩!

마지막 국수가 입으로 넘어갔다. 마지막 해삼전도 이모 목을 넘어갔다.

"아휴, 어떻게 이렇게 솜씨가 좋아졌어? 국수며 동그랑땡이 내

입맛에 딱이네?"

이모가 해사하게 웃었다. 하지만 민규의 얼굴에서는 핏기가
사라지고 있었다.

'뭐야?'

마른침이 넘어갔다. 남은 건 육수 한 모금에 미나리 두 조각.
그러나 이모의 상지수창은 미동도 하지 않고 있었다.

임계점을 잘못 계산한 건가?

아니면 조리 과정의 실수?

별별 생각으로 머리가 복잡했다. 조리 과정을 복기해 보았다.
빠진 건 없었다. 약재와 재료 하나하나를 이모의 상지수창에 맞
춰 조리하지 않았던가?

그런데…….

현실은?

안 되는 건가 싶었다. 식의라고, 명의라고 세상의 모든 병을
고치는 건 아니었다. 하필이면 이모의 고질병이 거기 해당되는
모양이었다.

"잘 먹었어."

이모가 티슈를 뽑았다. 그 눈이 접시의 육수에 닿았다.

"아유, 이 육수 대체 뭘로 만들었대? 계속 땡기네."

이모는 티슈를 놓고 그릇을 들었다. 그 안에 있는 육수를 홀
짝 비워내고 미나리까지 입에 넣고 씹었다.

아삭!

생미나리 씹히는 소리는 저 홀로 감미로웠다. 지장수로 살려
낸 싱싱함 때문이었다. 그때였다. 미나리 씹는 소리가 멈추더니

이모가 소리 없어 넘어갔다.

"이모!"

지켜보던 종규가 비명을 질렀다. 이모는 삶은 배춧잎처럼 늘어져 버렸다. 흔들어도 정신을 차리지 못했다.

"형."

"……"

민규도 황당했다. 기대와는 반대의 일이 벌어진 것이다.

"119 부를까?"

"……"

"아니면 이모부에게 연락?"

"119 불러라."

민규 입이 겨우 떨어졌다. 패배감에 더한 실망 때문이었다. 개업하고 첫 요리. 그 시작이 이 모양이라니……

"여보세요, 거기 119죠?"

종규가 막 전화를 걸었을 때였다. 그때까지 시들거리던 이모의 상지수창에 돌연 생기가 돌았다.

"종규야, 잠깐… 전화 끊어봐."

"왜?"

"글쎄, 잠깐만 끊어보라고."

민규가 소리쳤다. 상지수창은 이제 조금 더 선명해졌다.

'신장……'

신방광─허약.

신장의 상태를 보았다. 처음에는 병약이었는데 허약으로 한 단계 상승했다. 게다가 지금도 활성이 올라가는 중이었다.

"조금만… 조금만 기다려 보자."

"괜찮겠어?"

"몰라. 하지만 나쁘지는 않은 거 같다."

"……."

종규가 다가와 이모 옆에 앉았다. 이모는 잠이 들었다. 잠든 숨소리는 점점 편안하게 들렸다.

"형."

"왜?"

"이모 좀 봐. 눈을 감았어."

"응?"

"이모 잠잘 때 눈 잘 안 감잖아? 그래서 깊은잠도 못 자고… 그런데 지금은 눈 감았어."

"……."

"그리고… 이모 자는 모습, 엄마 닮지 않았어?"

"그러네."

민규가 고개를 끄덕였다. 해쓱하지만 어머니의 이미지와 닮았다. 그러자 괜히 마음이 놓였다.

"형!"

세 시간쯤 지난 후였다. 이모를 지키고 있던 종규가 소리쳤다.

"왜?"

주방의 민규가 뛰어나왔다. 종규가 이모를 가리켰다. 이모가 눈을 뜨고 있었다. 상지수창부터 체크했다.

'맙소사!'

민규의 입이 저절로 벌어졌다.

신방광―보통.

또 한 단계가 올라가 있었다. 이제는 신방광만의 일이 아니었
다.

간담장―양호.

심소장―양호.

비위장―보통.

폐대장―보통.

신방광―보통.

오장육부의 전반적인 회복이었다. 그걸 증명이라도 하듯 이모
얼굴이 뽀얘지며 생기가 돌았다.

"이모!"

민규가 소리쳤다. 약선은 제대로 먹혔다.

"내가 저렇게나 오래 잤어?"

이모가 벽시계를 보며 말을 이었다.

"그런데 몸이 너무 가뜬해."

이모가 두 팔을 움직이며 웃었다. 미소에도 기운이 배어 나왔
다.

"형이 약선요리로 이모 몸을 고친 거예요. 내 병을 고치듯 말

이에요."

종규가 외쳤다.

"진짜? 그런 거야?"

"예, 이모."

"의사도 못 고치는 내 병을 우리 민규가?"

이모가 두 팔을 벌렸다. 민규가 어깨를 품에 넣어주었다.

"세상에, 우리 언니 이제 두 눈 감아도 되겠네. 민규가 이런 재주를 가졌으니……."

"이모도 이제 괜찮을 거예요. 종규처럼 제가 다 낫게 해드릴 테니까요."

"그래, 그래, 고마워, 고마워."

이모의 가냘픈 손이 민규 어깨를 토닥였다.

'고마운 건 접니다. 제 약선요리에 확신을 주어 고맙습니다. 제 개업에 와주셔서 고맙습니다.'

민규는 몇 번이고 그 말을 곱씹었다.

"이거 가져가셔서 아침저녁으로 다 마시세요. 정기를 살려주는 약수입니다."

떠나는 이모 품에 마비탕 물을 두 병 안겨주었다. 마음 같아서는 몇 병이라도 더 드리고 싶었지만 지속시간을 생각하면 소용없을 일. 두 병뿐이더라도 음양기혈을 위한 물이니 이모의 정기 안정에 도움이 되길 바라는 마음이었다.

"고마워, 해초 필요하면 뭐든 전화만 해."

이모가 손을 흔들며 멀어졌다. 올 때보다 튼튼한 걸음이었다.

"오!"

종규가 엄지를 세워주었다.

"짜식이."

민규, 손에 불이 나도록 그 머리를 비벼주었다.

두 번째 손님이 왔다.

검은 세단에서 내린 사람은 지점장 방경환이었다. 그는 뒷문을 열어 동행한 사람을 모셨다.

"이 셰프, 우리 행장님이십니다."

지점장의 한마디가 민규를 놀라게 만들었다. 지점장도 아니고 은행장의 행차라니……

"이것도 받으시죠. 조그만 것 하나 준비해 왔습니다."

트렁크에서 나온 건 소나무 분재였다. 살짝 늘어진 가지에 오밀조밀 피어난 잎새들이 격조를 더하고 있었다.

"그냥 오시지 이런 귀한 것을……."

"그럴 수야 있나요? 공짜 음식은 원래 맛이 없는 법이거든요. 게다가 행장님까지 모시고 왔으니……."

"들어가시죠."

민규가 가게를 가리켰다. 분재는 종규가 받아 입구에 놓았다.

"그보다 구경을 좀 시켜주시죠. 분위기가 괜찮은 것 같네요."

"그럴까요? 그럼……."

민규가 앞장을 섰다. 담장을 대신한 돌절구들을 보여주고 뒤뜰의 장독대를 보여주었다. 지점장은 그 자리에서 장맛을 보았다.

"어휴, 이거 진짜, 진짜배기네?"

지점장이 감탄을 했다. 궁중요리사 집안에 태어나 갖은 맛을 체험한 미식가. 우박으로 살려낸 장맛을 단숨에 알아보았다.

"흐음……."

창고의 약재 앞에서는 깊은 호흡으로 약재의 향을 음미하는 지점장. 과연 내력 있는 미식가는 뭐가 달라도 다른 모습이었다.

"실내 장식에 소품들도 편안하고……."

테이블에 자리한 행장도 긍정의 신호를 보냈다.

"나름 최선을 다해 배치를 했습니다. 약선에서 중시하는 오행도 고려했고요."

민규가 답했다.

"그나저나 우리 행장님이 목에 애로가 좀 있어요. 그러니 복잡하게 하지 말고 목 넘김이 편한 음식으로 간단하게 준비해 주면 안 될까요?"

지점장이 참고 사항을 일러주었다.

"원래는 어떤 요리를 좋아하시는지요?"

"우리 행장님은 스테이크 킬러죠. 부드러운 안심 숯불구이 말입니다."

"이 사람, 그것도 다 옛날 말이지. 요즘은 이가 부실해서 잘못 씹는 까닭에 냄새만 껄떡거린다네."

행장이 손을 젓고 나섰다.

"그렇다면 궁중설야멱이 제격이겠군요."

"설야멱이면 소고기구이 아닙니까?"

지점장이 물었다.

"전통방식 그대로 요리해 드리겠습니다."

"그건 우리 지점장이나 해주시오. 나는 이에, 목에… 총체적인 부실이에요."

행장이 거듭 손을 저었다.

"인후통은 제가 식사 전에 잡아드리겠습니다. 그리고 설야멱역시 치아에 부담을 드리지 않게 요리할 터이니 마음 편히 기다리시기 바랍니다."

"셰프가 인후통을?"

행장이 고개를 들었다. 민규는 태연하게 물러났다.

인후통에 대한 호언장담.

대체 어쩌려는 걸까?

『밥도둑 약선요리王』 4권에 계속…

이제부터 전자책은

이젠북

www.ezenbook.co.kr

새로운 세계가 열린다!

김재한 『성운을 먹는 자』   철백 『대무사』
니콜로 『마왕의 게임』   가프 『궁극의 쉐프』
이경영 『그라니트:용들의 땅』   문용신 『절대호위』
탁목조 『일곱 번째 달의 무르무르』   천지무천 『변혁 1990』
강성곤 『메이저리거』   SOKIN 『코더 이용호』

이름만 들어도 황홀할 정도의 별들의 향연!
이들의 "유료연재"가 시작됩니다!

검색창에 **이젠북**을 쳐보세요! ▼

초대형 24시 만화방

신간 100%, 샤워실, 흡연실, 수면실(침대석), 커플석, 세탁기 완비

▪ 광명 광명사거리역점 ▪

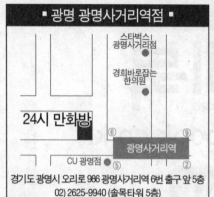

경기도 광명시 오리로 986 광명사거리역 6번 출구 앞 5층
02) 2625-9940 (솔목타워 5층)

▪ 강북 노원역점 ▪

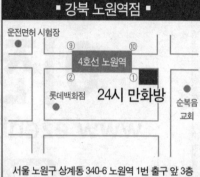

서울 노원구 상계동 340-6 노원역 1번 출구 앞 3층
02) 951-8324 (화용빌딩 3층)

▪ 일산 정발산역점 ▪

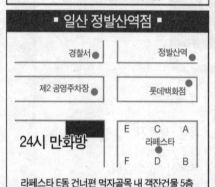

라페스타 E동 건너편 먹자골목 내 객잔건물 5층
031) 914-1957

▪ 일산 화정역점 ▪

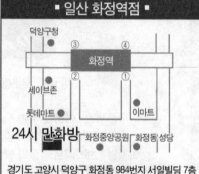

경기도 고양시 덕양구 화정동 984번지 서일빌딩 7층
031) 979-4874 (서일사우나 건물 7층)

▪ 부천 역곡역점 ▪

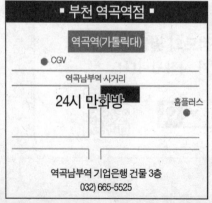

역곡남부역 기업은행 건물 3층
032) 665-5525

▪ 부평역점 ▪

(구)진선미 예식장 뒤 한신포차 건물 10층
032) 522-2871